STAR TO STAR

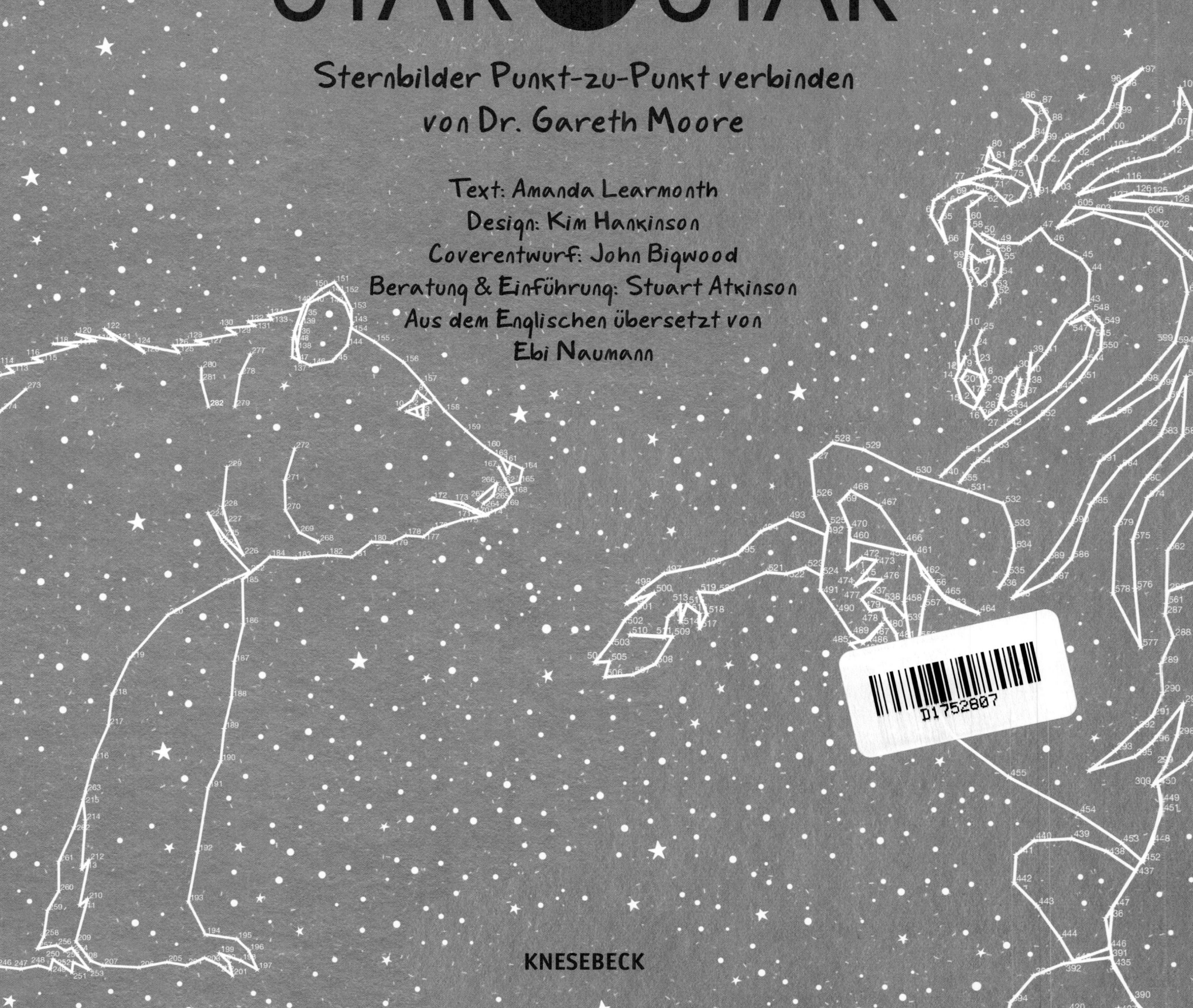

Sternbilder Punkt-zu-Punkt verbinden
von Dr. Gareth Moore

Text: Amanda Learmonth
Design: Kim Hankinson
Coverentwurf: John Bigwood
Beratung & Einführung: Stuart Atkinson
Aus dem Englischen übersetzt von
Ebi Naumann

KNESEBECK

INHALT

Ein Blick zum Nachthimmel .. 2	Löwe 22	Herkules 44
Und so geht's 3	Jungfrau 24	Hase 46
Fische 4	Waage 26	Wolf 48
Steinbock 6	Skorpion 28	Leier 50
Stier 8	Schütze 30	Andromeda 52
Wassermann 10	Schwan 32	Drache 54
Widder 12	Orion 34	Becher 56
Zwillinge 14	Großer Bär 36	Delphin 58
Großer Hund 16	Pegasus 38	Wassserschlange 60
Nördliche Krone 18	Kassiopeia 40	Lösungen 62
Krebs 20	Kreuz des Südens 42	Glossar 64

EIN BLICK ZUM NACHTHIMMEL

Über Jahrhunderte hinweg haben die Menschen in den nächtlichen Himmel geschaut und dort Muster und Bilder entdeckt, die sie Sternbilder nannten. Von Orion, dem gewaltigen Jäger, bis zur Königstochter Andromeda und Tierkreiszeichen wie Krebs und Löwe haben diese Bilder Geschichtenerzähler ebenso inspiriert wie Sterngucker aller Art.

Wenn man die Bilder in diesem Buch ausmalt, Stern mit Stern verbindet, wird man Mythen und Legenden zum Vorschein bringen. Lies die zauberhaften Geschichten, die hinter diesen Sternbildern stecken, und lern dabei die faszinierende Geschichte jedes Einzelnen dieser Himmelshelden kennen.

Warum in einer klaren Nacht nicht mal wieder nach draußen gehen, am besten an einen Ort, wo es nicht viel anderes Licht gibt, und ausprobieren, welche Sternbilder du entdecken kannst? Vom Fenster aus kann man bloß ganz wenige von ihnen ausmachen. Zumal die Erde rund ist und eine ganze Anzahl ohnehin nur auf der nördlichen bzw. auf der südlichen Erdhälfte zu sehen ist.

HINTEN IM BUCH...

... gibt es ein Glossar mit kurzen Erläuterungen zu weniger geläufigen Begriffen. Diese sind bei ihrem ersten Auftreten im Text durch dieses kleine Sternsymbol gekennzeichnet *.

Darüber hinaus ist dort auch eine Zusammenstellung jeder einzelnen auszumalenden Abbildung in verkleinerter Form, wenn man beim Nachzeichnen Hilfe benötigt.

UND SO GEHT'S

Fang beim Stern mit der Nummer 1 an.
Der ist im Gegensatz zu den schwarz ausgemalten Sternen immer transparent. Von dort eine Linie zum jeweils höher nummerierten Stern ziehen bis man wieder bei einem transparenten ankommt.

Sobald ein transparenter Stern erreicht ist, beende die Linie und setz beim nächsthöheren Stern wieder an, der ebenfalls transparent sein wird. Daraufhin verfahre wieder genauso wie oben angegeben.

Der letzte Stern eines jeden Bildes ist ebenfalls transparent, hat jedoch eine fett gedruckte Zahl. Dadurch weißt du, dass das Bild fertiggestellt ist.

TIPPS & TRICKS

Wenn man sich nicht gleich sicher ist, welcher Stern zu welcher Zahl gehört, orientiert man sich am besten an den Sternen und Zahlen drum herum. Die Zahlen stehen immer direkt über oder neben einem Stern oder nur leicht nach oben oder unten versetzt. Außerdem sind sie immer genau gleich weit von »ihrem« Stern entfernt.

Man muss nicht bei Nummer 1 anfangen, sondern kann anfangen, wo man will und die Lücken später ausfüllen.

Am besten benutzt man einen möglichst feinen Kugelschreiber oder Bleistift, damit man keine Zahlen oder Sterne übermalt, die später noch gebraucht werden.

- Anders als bei den farbigen Diagrammen der Sternbilder entsprechen die kleinen Sternchen der Illustrationen keinen wirklichen Sternen am Nachthimmel sondern sind rein illustrativ.
- Auch die Position der Sternbilder auf den jeweiligen Seiten entspricht nicht vollständig ihrer tatsächlichen Position am Himmel.

FISCHE

Die Fische sind eines der größten Sternbilder am nächtlichen Himmel und gehören zu den Tierkreiszeichen. Dieses Sternbild ist in der südlichen Hemisphäre zu sehen und wurde schon vor 3000 Jahren von den Babyloniern erwähnt, die es jedoch auch mit der Schwalbe in Verbindung brachten.

✱ SAGENHAFT

Dieses Sternbild hat seinen Ursprung in der griechischen Sage vom drachenköpfigen Monster Typhon und dessen Angriff auf den Olymp. Um ihm zu entgehen, verwandelten sich Aphrodite und ihr Sohn Eros in Fische, sprangen in einen Fluss und verbanden sich mit einem Tau, um nicht getrennt zu werden.

✱ STERNZEICHEN

Datum: 19. Februar – 20. März

Eigenschaften: leidenschaftlich und künstlerisch

Symbol: ♓

DIE FISCHE AUF EINEN BLICK

Ihr lateinischer Name
Pisces

Ihr hellster Stern
Kullat Nunu (Eta Piscium)

Ihr Platz am Himmel
Nördliche Hemisphäre

Ihre Sternbild-Familie
Tierkreis

OMEGA PISCIUM
ist ungefähr 100 Lichtjahre* von der Erde entfernt.

KULLAT NUNU (ETA PISCIUM)
ist der hellste Stern des Sternbilds. Sein Radius ist ungefähr 26-mal so groß wie der der Sonne.

GAMMA PISCIUM
hat in etwa dieselbe Masse wie unsere Sonne. Sein Radius ist jedoch zehnmal so groß.

ALRISHA (ALPHA PISCIUM)
ist ein Doppelstern*. Die beiden Sterne sind 18 Milliarden Kilometer voneinander entfernt und brauchen ungefähr 700 Jahre, um sich zu umrunden.

STEINBOCK

Auch der Steinbock ist eines der Tierkreiszeichen, gehört der südlichen Hemisphäre an und ist eines der lichtschwächsten Sternbilder an unserem Himmel. Es geht auf Mythen und Bilder zurück, die bis ins 21. Jahrhundert v. Chr.* reichen.

✶ SAGENHAFT

Die Geschichte vom Steinbock hat ihre Wurzeln bei den Babyloniern und Sumerern, wo er als »Ziegen-Fisch« bekannt war. In der frühen Bronzezeit markierte der Steinbock die Wintersonnenwende* und noch in der modernen Astrologie beginnt die »Herrschaft« des Steinbocks mit dem ersten Tag des Winters. In der griechischen Mythologie wird dieses Sternzeichen mit Pan, dem Gott des Waldes, in Verbindung gebracht, der die Beine und Hörner einer Ziege besaß. Als Dank dafür, dass er die Götter zweimal gerettet hat, versetzte ihn Zeus in den Himmel.

✶ STERNZEICHEN

Datum: 22. Dezember – 19. Januar

Eigenschaften: familiär und traditionsverbunden

Symbol: ♑

DER STEINBOCK AUF EINEN BLICK

Sein lateinischer Name
Capricornus

Sein hellster Stern
Scheddi (Delta Capricorni)

Sein Platz am Himmel
Südliche Hemisphäre

Seine Sternbild-Familie
Tierkreis

ALGEDI (ALPHA CAPRICORNI)
ist ungefähr 690 Lichtjahre von uns entfernt. Sein arabischer Name bedeutet »Ziegenbock«.

SCHEDDI (DELTA CAPRICORNI)
ist der hellste Stern des Sternbilds und dreht sich mit der unglaublichen Geschwindigkeit von 105 km/s um sich selbst.

BETA CAPRICORNI
sein traditioneller Name Dabih kommt aus dem Arabischen und bedeutet »Schlachter«.

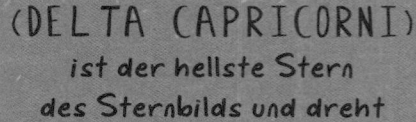

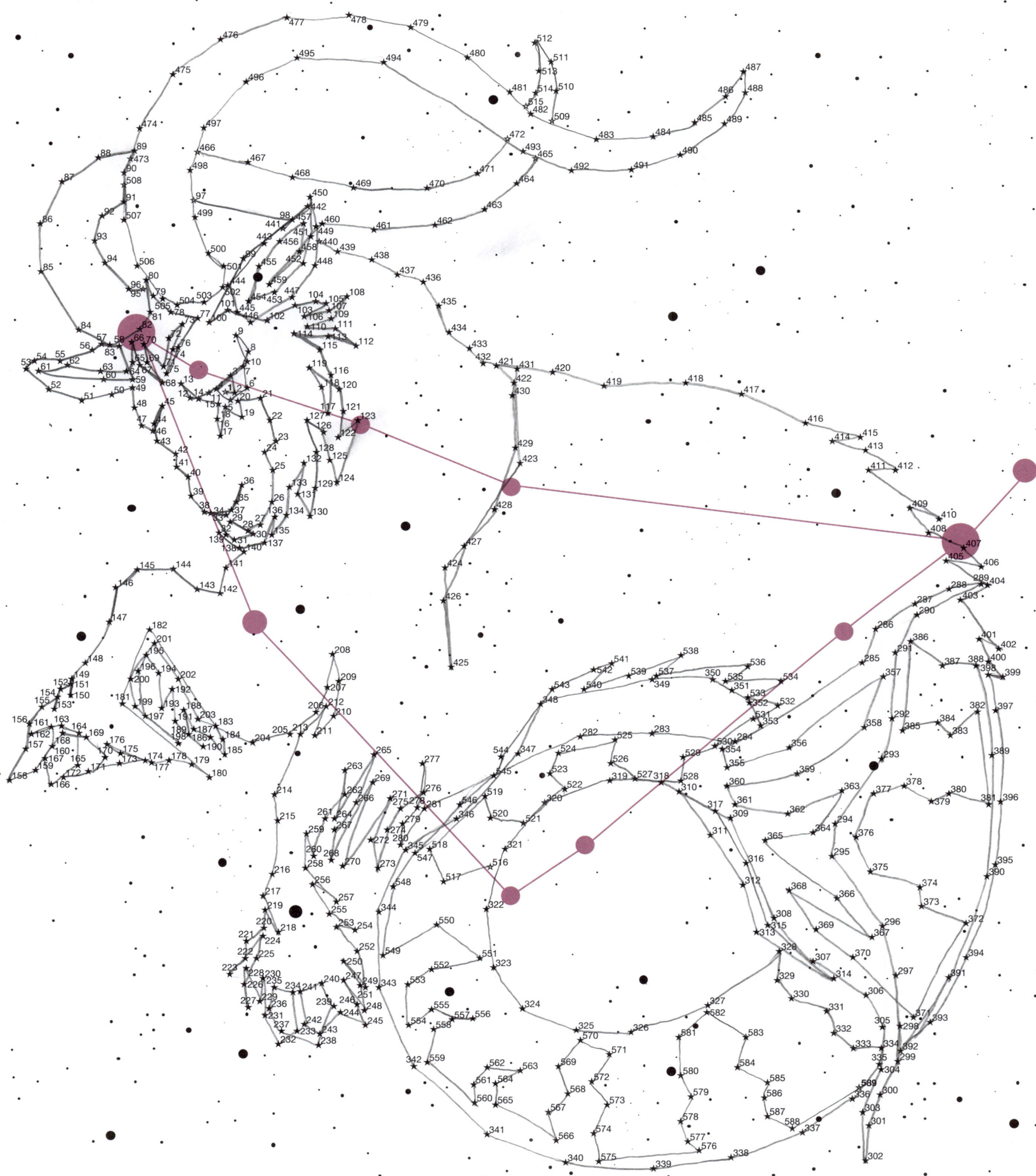

STIER

Der Stier zieht als eines der prominentesten und auffälligsten Sternbilder über den Winterhimmel. Gleichzeitig ist er eines der ältesten. Eine Darstellung vom Stier wurde in der Höhle von Lascaux gefunden und ist mehr als 15 000 Jahre alt.

DER STIER AUF EINEN BLICK

Sein lateinischer Name
Taurus

Sein hellster Stern
Aldebaran (Alpha Tauri)

Sein Platz am Himmel
Nördliche Hemisphäre

Seine Sternbild-Familie
Tierkreis

✳ SAGENHAFT

In der griechischen Mythologie wird der Stier mit Zeus in Verbindung gebracht, der sich in einen Stier verwandelte, um Europa zu entführen, die schöne Tochter von König Agenor. Ihr Sohn Minos ist der berühmte König von Kreta, der den sagenhaften Minotaurus – halb Stier, halb Mensch – in seinem Labyrinth gefangen hielt.

✳ STERNZEICHEN

Datum: 20. April – 20. Mai

Eigenschaften: Liebe zum Luxus und romantisch

Symbol: ♉

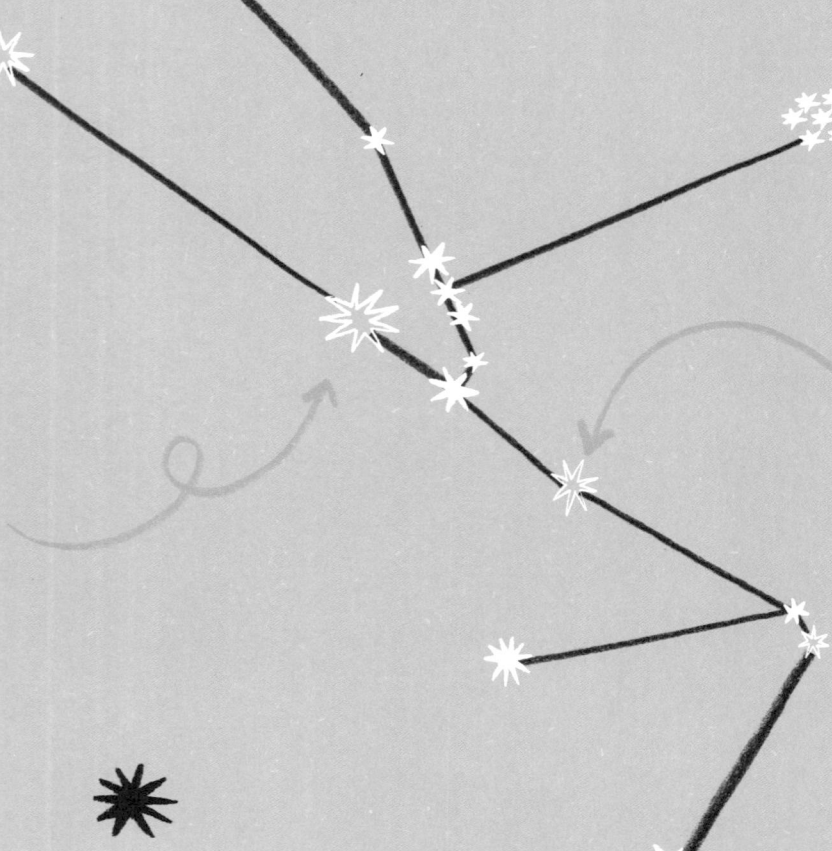

BETA TAURI
ist 700-mal heller als die Sonne. Sein ursprünglicher Name Elnath kommt aus dem Arabischen und bedeutet »Der mit den Hörnern stößt«.

DIE PLEJADEN
oder das »Siebengestirn« sind ein offener Sternhaufen. Ihr nächtliches Auftauchen über dem Horizont markierte in alten Zeiten wichtige Kalenderpunkte.

ALDEBARAN (ALPHA TAURI)
ist ein »Roter Riese« und der hellste Stern dieses Sternbilds. Von der Erde aus betrachtet leuchten nur 13 Sterne heller als er.

LAMBDA TAURI
ist ein Dreigestirn. Sein lateinischer Name »Pectus Tauri« bedeutet »Brust des Stieres«.

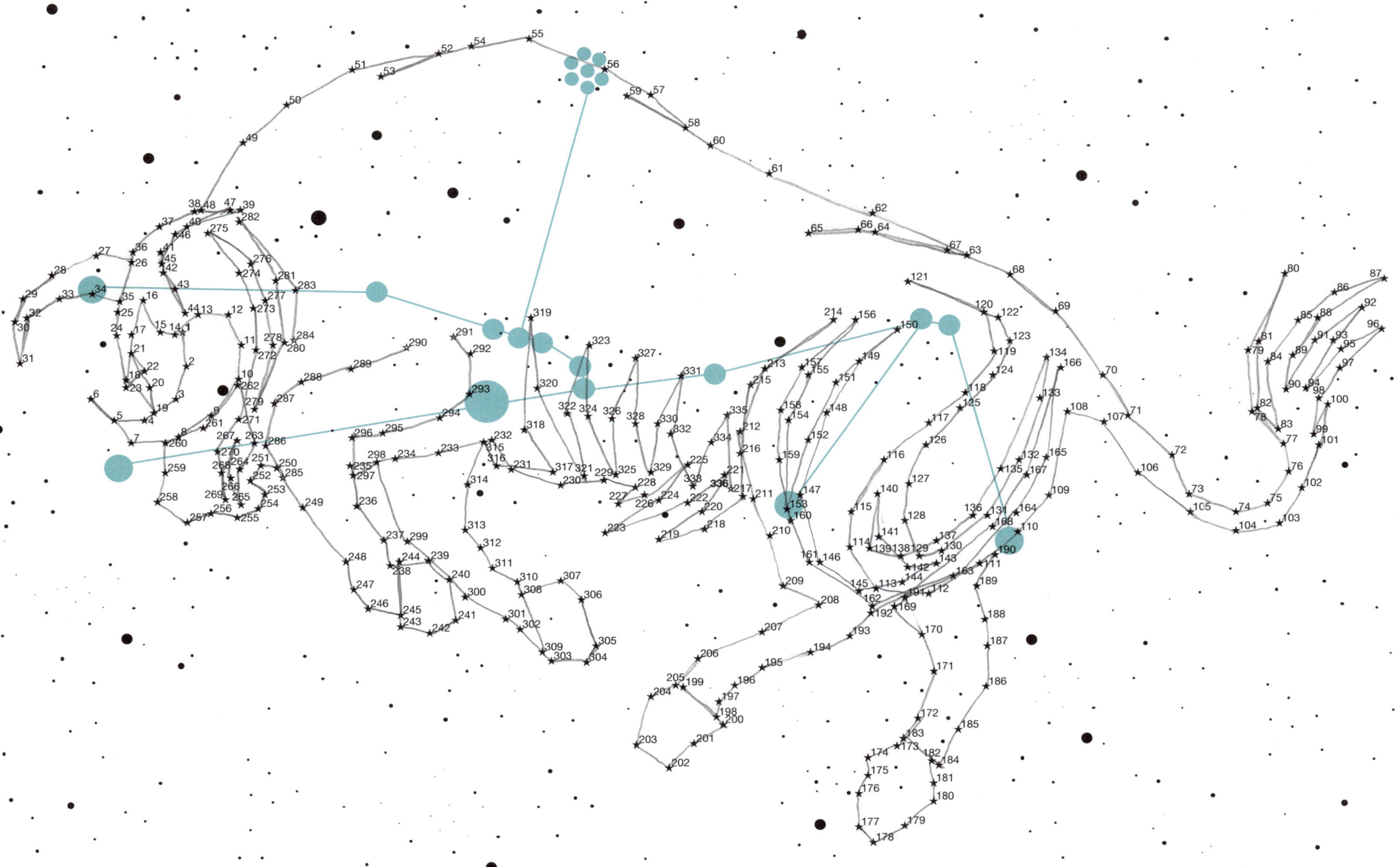

WASSERMANN

Der Wassermann stellt eines der ältesten Bilder im Tierkreis dar. Die Himmelsregion, in der er sich befindet, wird auch manchmal »Wasserloch« genannt, da sich dort auch noch andere mit Wasser verbundene Sternbilder tummeln, zum Beispiel die Fische und der Wal.

DER WASSERMANN AUF EINEN BLICK

Sein lateinischer Name
Aquarius

Sein hellster Stern
Sadalsuud (Beta Aquarii)

Sein Platz am Himmel
Südliche Hemisphäre

Seine Sternbild-Familie
Tierkreis

✶ SAGENHAFT

In der griechischen Mythologie wird der Wassermann mit Ganymed in Verbindung gebracht, einem schönen trojanischen Jüngling, den Zeus zum Olymp holte, um den Göttern dort als Mundschenk zu dienen. In Ägypten ging die Sage, das Sternbild repräsentiere den Nil-Gott.

✶ STERNZEICHEN

Datum: 20. Januar – 18. Februar

Eigenschaften: unabhängig und gerecht

Symbol: ♒

ALPHA AQUARII
ist knapp 800 Lichtjahre von uns entfernt. Sein arabischer Name Sadalmelik bedeutet »Glücksstern des Königs«.

SADALSUUD (BETA AQUARII)
ist einer der wenigen Überriesen*. Sein Radius ist 50-mal so groß wie der der Sonne, und er leuchtet 2300-mal so hell.

SKAT (DELTA AQUARII)
wird mit einem Sternschnuppenschwarm in Verbindung gebracht, den »Delta Aquiriiden«, die sowohl in der nördlichen als auch in der südlichen Hemisphäre zu beobachten sind.

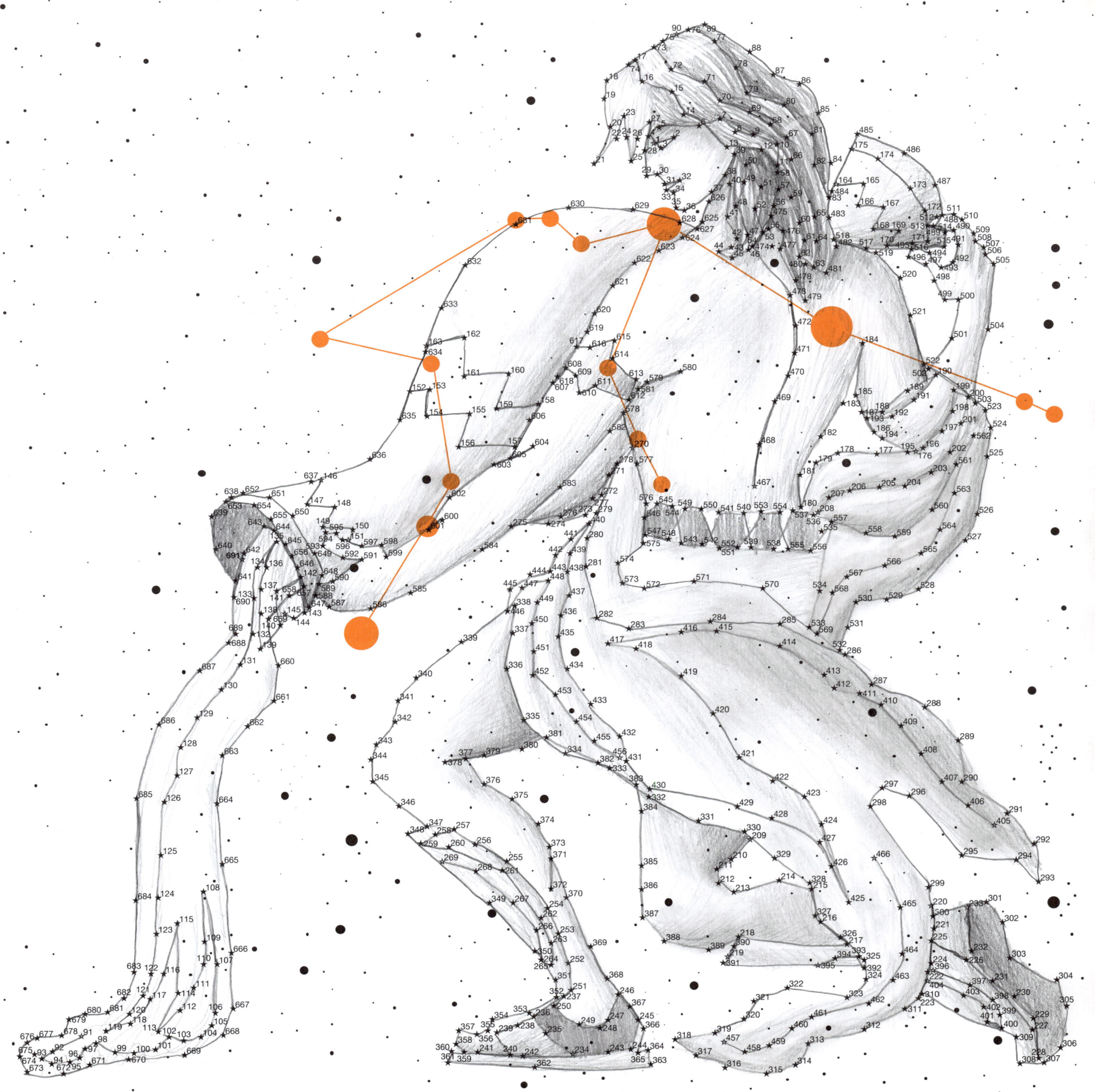

WIDDER

Der Widder steht am nördlichen Sternenhimmel. Am besten sieht man ihn dort im Dezember. Gemeinsam mit weiteren Tierkreisbildern wurde er erstmals im 2. Jahrhundert n. Chr. vom griechischen Astronomen Ptolemäus katalogisiert.

✶ SAGENHAFT

Dieses Sternzeichen wird mit dem berühmten Widder identifiziert, der dank seines goldenen Fells den Phrixos, einen böotischen Königssohn, vor dessen Schwiegermutter rettete, als die ihn ermorden lassen wollte. Ausgesandt hatte ihn die Wolkennymphe Nephele, Phrixos' wirkliche Mutter. Phrixos opferte den Widder den Göttern und legte dessen goldenes Fell in einen Tempel – dieses »Goldene Vlies« spielt später in der Sage von Iason und den Argonauten eine wesentliche Rolle.

✶ STERNZEICHEN

Datum: 21. März – 19. April

Eigenschaften: mutig und entschlossen

Symbol: ♈

DER WIDDER AUF EINEN BLICK

Sein lateinischer Name
Aries

Sein hellster Stern
Hamal (Alpha Arietis)

Sein Platz am Himmel
Nördliche Hemisphäre

Seine Sternbild-Familie
Tierkreis

HAMAL (ALPHA ARIETIS) ist der hellste Stern dieses Sternbilds und nimmt in punkto Helligkeit (von uns aus gesehen) den 48. Platz ein.

BETA ARIETIS ist fast 60 Lichtjahre von uns entfernt. Sein arabischer Name Sheratan bedeutet »die zwei Zeichen«.

GAMMA ARIETIS ist ein Dreigestirn. Was sein traditioneller Name Mesarthim bedeutet, ist unsicher.

ZWILLINGE

Dank ihrer beiden hellsten Sterne Kastor und Pollux sind die Zwillinge am Nachthimmel leicht zu finden. Nach einem Brüderpaar aus der griechischen Mythologie benannt, markieren sie die beiden Köpfe der Zwillinge, deren Körper durch eine Reihe schwächerer Sterne gebildet werden.

✷ SAGENHAFT

Kastor und Pollux waren die Söhne von Leda, der Königin von Sparta. Sie hatten unterschiedliche Väter, waren also keine ganz echten Zwillinge. Kastor war sterblich, sein Vater war der Sparterkönig Tyndareos. Sein Bruder Pollux jedoch war unsterblich, war sein Vater doch Zeus höchstpersönlich. Als Kastor im trojanischen Krieg fiel, bat der verzweifelte Pollux seinen Vater Zeus, auch Kastor unsterblich zu machen. Dieser kam der Bitte nach, indem er den beiden einen ewigen Platz am Himmel verschaffte.

✷ STERNZEICHEN

Datum: 22. Mai – 21. Juni

Eigenschaften: locker, charmant und gesprächig

Symbol: ♊

DIE ZWILLINGE AUF EINEN BLICK

Ihr lateinischer Name
Gemini

Ihr hellster Stern
Pollux

Ihr Platz am Himmel
Nördliche Hemisphäre

Ihre Sternbild-Familie
Tierkreis

KASTOR
ist eigentlich eine Gruppe von insgesamt sechs Sternen – drei Paare, die sich gegenseitig umkreisen.

POLLUX
ist der hellste Stern in den Zwillingen und bildet einen ihrer beiden Köpfe. Er wird von mindestens einem Exoplaneten* umrundet. Dieser heißt Thestias und ist mehr als zweieinhalbmal so groß wie Jupiter.

MEKBUDA
ist ein Überriese in einem von Pollux' Beinen. Sein arabischer Name bedeutet »eingezogene Löwenpfote«.

STERNSTUNDEN
Mitte Dezember können sich Sterngucker an Sternschnuppen erfreuen, die aus der Gegend der Zwillinge zu kommen scheinen. Die Geminiden sind der stärkste Meteorschwarm des Jahres mit bis zu 50 Sternschnuppen pro Stunde.

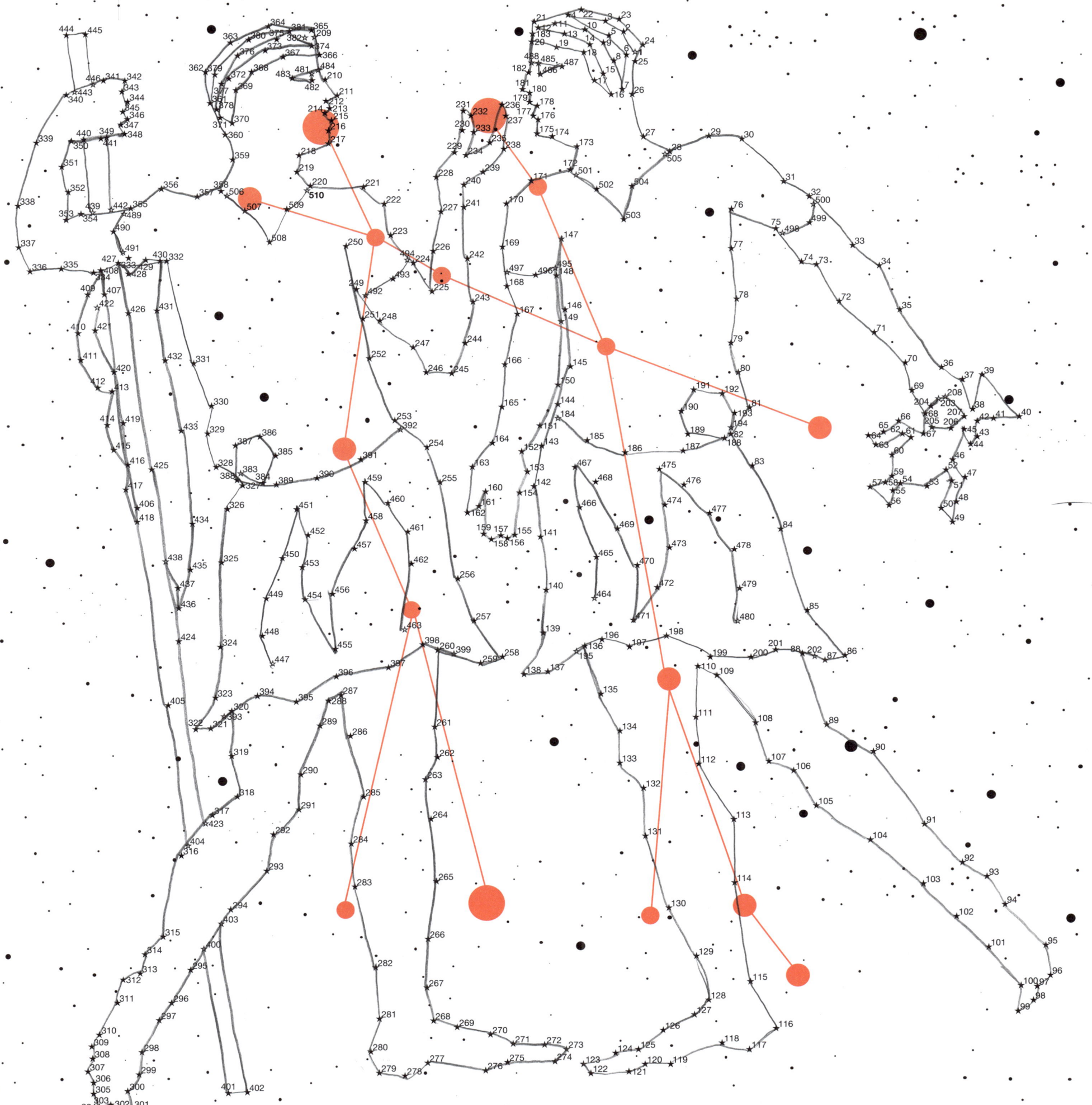

GROSSER HUND

Den Großen Hund sieht man, wie es sich für einen Hund gehört, immer treu in Orions Nähe. Das Sternbild stellt den größeren seiner beiden Jagdhunde dar (der andere ist Canis Minor, der »Kleine Hund«). Der Große Hund wird beherrscht von Sirius, dem hellsten Stern an unserem Nachthimmel.

> **DER GROSSE HUND AUF EINEN BLICK**
>
> Sein lateinischer Name
> *Canis Maior*
>
> Sein hellster Stern
> *Sirius*
>
> Sein Platz am Himmel
> *Südliche Hemisphäre*
>
> Seine Sternbild-Familie
> *Orion*

* SAGENHAFT

Einer griechischen Sage nach handelt es sich beim Großen Hund um Lailaps, einen Jagdhund, der so schnell war, dass ihm keine Beute je entkommen ist. Er wurde losgeschickt, um den Teumessischen Fuchs zu fangen, der wiederum so gerissen war, dass kein Jäger ihm je beikommen konnte. Die Verfolgungsjagd der beiden nahm kein Ende, solange, bis Zeus beide in Stein verwandelte. Und Lailaps als Großen Hund an den Himmel versetzte.

* AUS ALLER WELT

Sirius, der hellste Stern im Großen Hund, hat viele Namen:

- Wolf (China)
- Fuchs (Inuit in der Arktis)
- Wildtöter (Indien)
- Isis, Göttin und Schwester des Osiris (Ägypten)

SIRIUS (ALPHA (CANIS MAJORIS)
– im Deutschen auch Hundsstern genannt – ist 25-mal so hell wie die Sonne und nur 8,6 Lichtjahre von uns entfernt.

WEZEN (DELTA (CANIS MAJORIS)
ist ein Überriese. Sein arabischer Name bedeutet »Gewicht«, was daran liegen mag, dass er sich in unseren Breiten* kaum über den Horizont bewegt, so, als würde ein Gewicht ihn runterziehen.

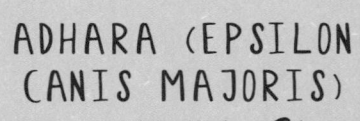

ADHARA (EPSILON (CANIS MAJORIS)
war einst hellster Stern an unserem Himmel – vor 4,7 Millionen Jahren.

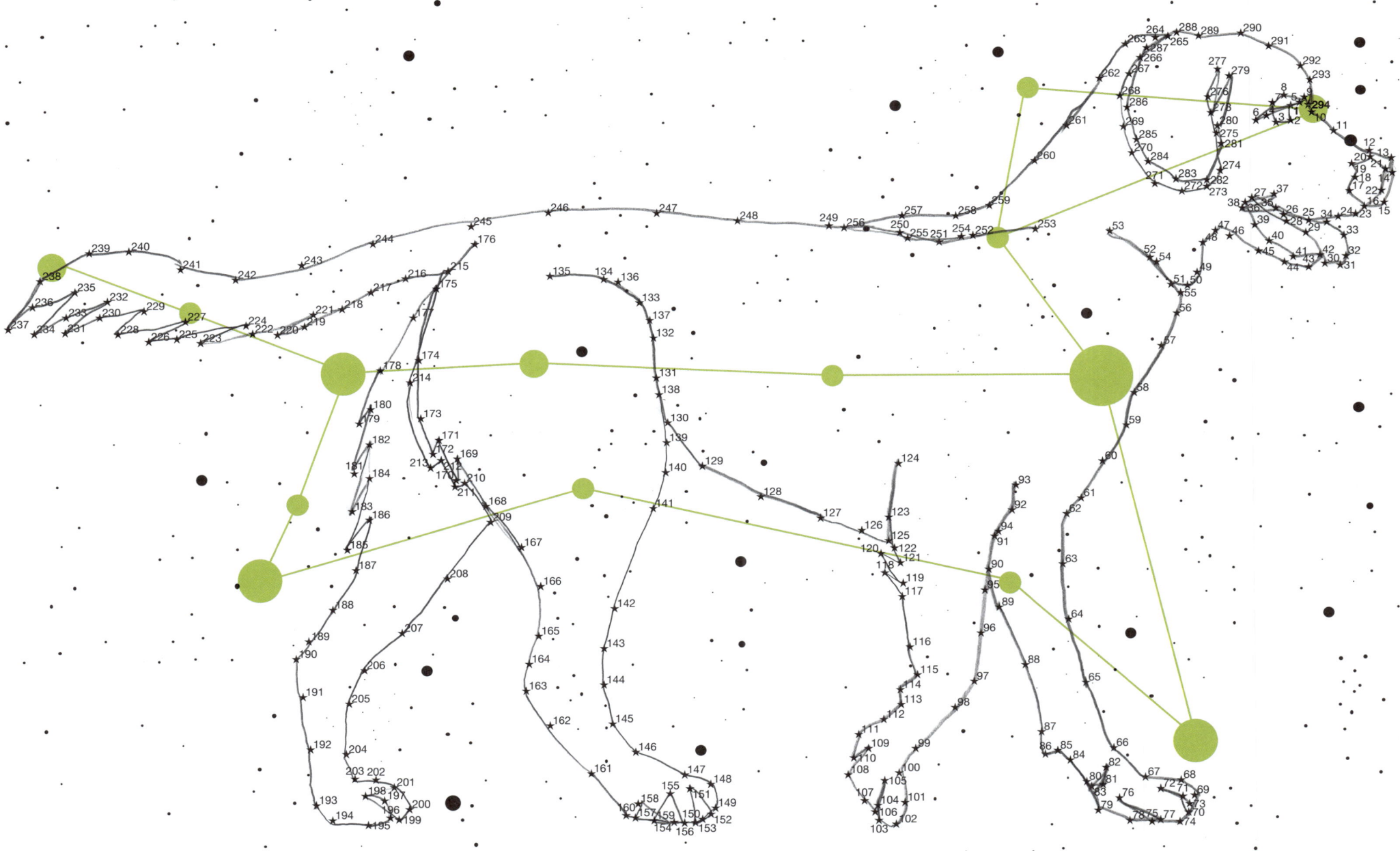

NÖRDLICHE KRONE

Die Nördliche Krone bewegt sich, wie ihr Name vermuten lässt, über die nördliche Himmelssphäre. Sieben hell leuchtende Sterne formen einen Bogen, der die Krone Ariadnes darstellt, der sagenhaften Tochter des Kreterkönigs Minos.

✶ SAGENHAFT

Mit Hilfe der kretischen Prinzessin Ariadne (Ariadnefaden) gelang dem sagenhaften Theseus die Flucht aus den Klauen des Minotaurus – des stierköpfigen Ungeheuers, das in einem Labyrinth gehalten wurde. Ariadne floh gemeinsam mit Theseus, wurde von diesem jedoch schon bald sitzen gelassen. Als der Gott Dionysos die weinende Ariadne sah, verliebte er sich in sie, und die beiden wurden ein Paar. Bei ihrer Hochzeit trug Ariadne eine wunderschöne Krone voller Juwelen. Sie schleuderte die Krone himmelwärts, wo sie noch heute als Nördliche Krone zu bewundern ist.

✶ AUS ALLER WELT

Andere Namen für die Nördliche Krone:

- zerbrochener Teller (Arabien)
- Bumerang (Aborigines)
- Eisbärentatze (Sibirien)
- Burg der keltischen Göttin Aranrod (Wales)

DIE NÖRDLICHE KRONE AUF EINEN BLICK

Ihr lateinischer Name
Corona borealis

Ihr hellster Stern
*Alphecca oder Gemma
(Alpha Coronae Boreales)*

Ihr Platz am Himmel
Nördliche Hemisphäre

Ihre Sternbild-Familie
Ursa Maior

NUSAKAN (BETA CORONAE BOREALIS)
ist ein Binär und der zweithellste Stern dieses Sternbilds.*

ALPHECCA (ALPHA CORONAE BOREALIS)
ist der hellste »Stein« in Ariadnes Krone. Sein lateinischer Name Gemma bedeutet »Edelstein«.

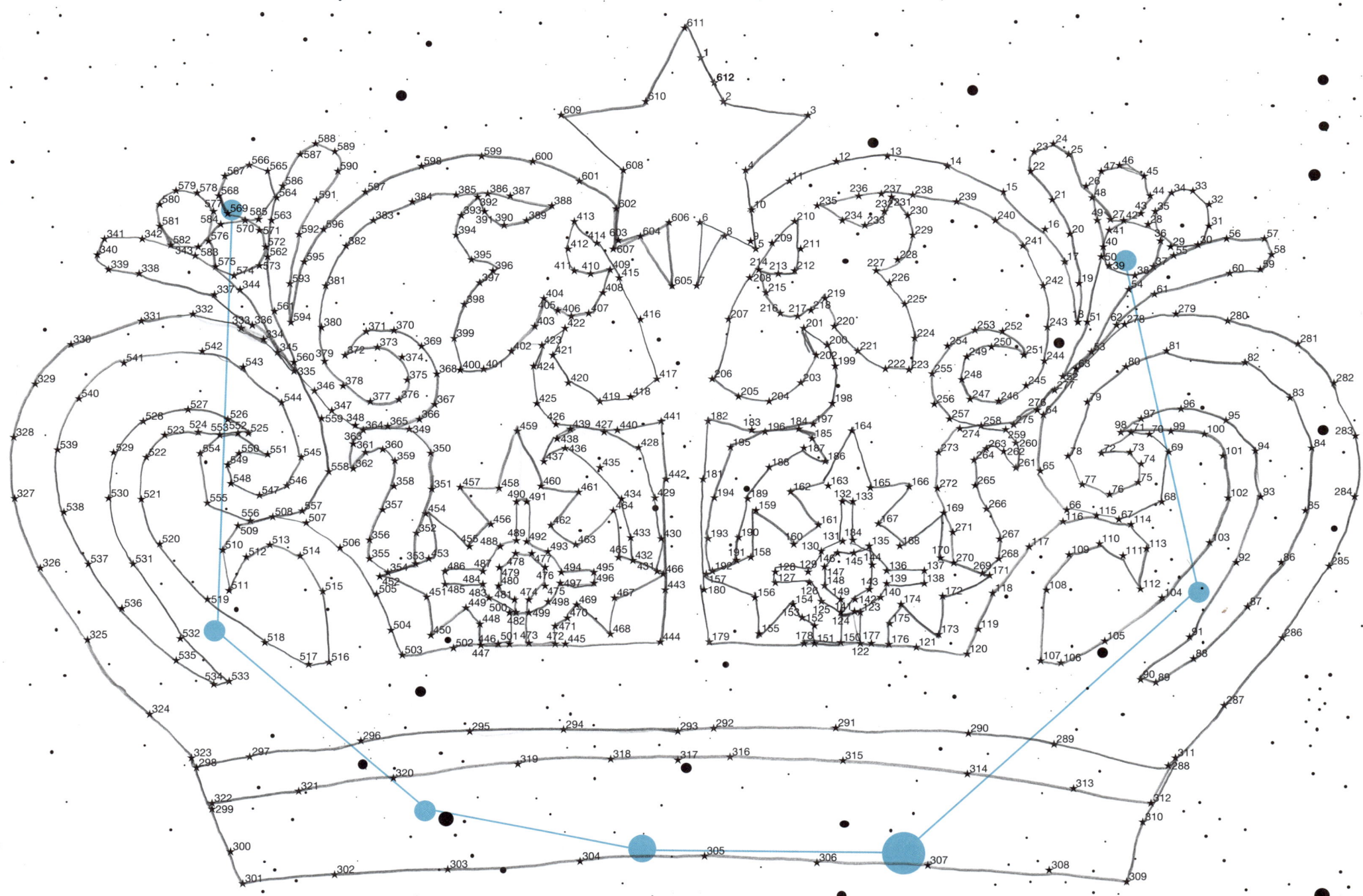

KREBS

Selbst in einer mondlosen Nacht ist es schwer, den Krebs, das schwächste aller Tierkreisbilder, am Himmel auszumachen. Es sieht aus wie ein umgekehrtes Y, mit einem nebelhaften Fleck in der Mitte, einem »Futterkrippe« genannten, offenen Sternhaufen.

✱ SAGENHAFT

Dieses Sternbild wird mit einem Riesenkrebs in Verbindung gebracht, der laut einer griechischen Sage von der eifersüchtigen Göttin Hera den Auftrag bekam, den berühmten Herakles bei seinem Kampf mit dem vielköpfigen Ungeheuer Hydra abzulenken. Der Krebs zwickte Herakles in den Fuß, wurde von ihm jedoch sofort erschlagen. Trotzdem belohnte Hera das Tier mit einem Platz am Himmel. Weil es seinen Auftrag jedoch nicht erfolgreich erledigt hat, fristet es sein Dasein dort als eines der schwächsten Sternbilder.

✱ STERNZEICHEN

Datum: 22. Juni – 22. Juli

Eigenschaften: launisch, aber sehr loyal und liebenswert

Symbol: ♋

DER KREBS AUF EINEN BLICK

Sein lateinischer Name
Cancer

Sein hellster Stern
Al Tarf (Beta Cancri)

Sein Platz am Himmel
Nördliche Hemisphäre

Seine Sternbild-Familie
Tierkreis

ASELLUS BOREALIS (GAMMA CANCRI)

bedeutet »Nördlicher Esel« und geht auf eine griechische Sage zurück, in der die Götter auf Eseln in den Kampf gegen die Riesen zogen. Die Riesen hielten die Esel für Monster und ergriffen die Flucht.

DIE FUTTERKRIPPE

ist der zweithellste offene Sternhaufen an unserem Himmel.

ASELLUS AUSTRALIS (DELTA CANCRI)

heißt im lateinischen »Südlicher Esel«. Diesem Stern gebührt auch der Preis für den längsten Alternativnamen, Arkushanangarushashutu, so nannten ihn die Babylonier.

AL TARF (BETA CANCRI)

ist der hellste Stern im Krebs. Sein Name bedeutet im arabischen »Auge« oder »Glanz«.

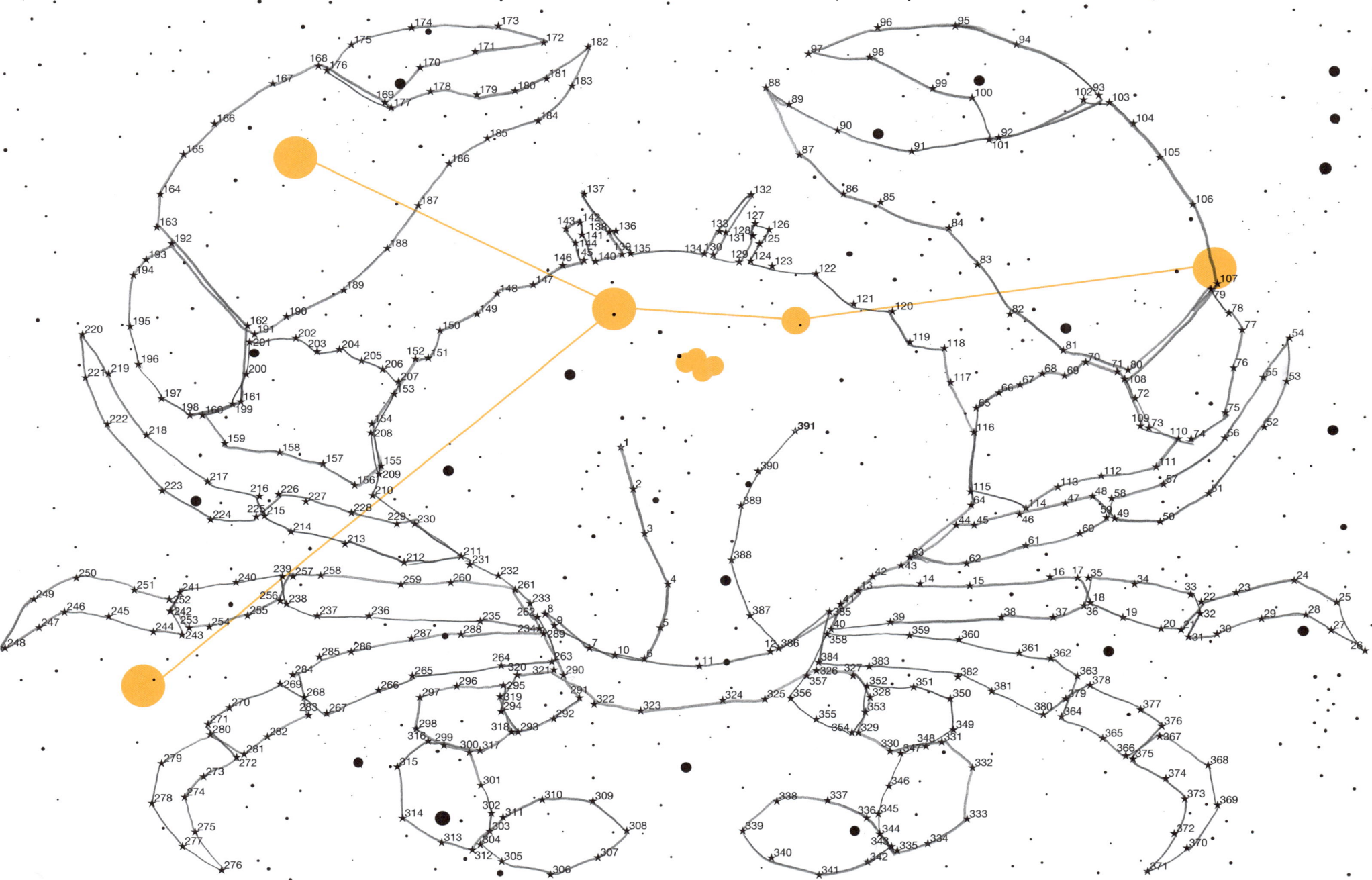

LÖWE

Dank seines an eine geduckte Wildkatze erinnernden Umrisses und seiner hellen Sterne ist der Löwe eines der am leichtesten zu erkennenden Tierkreisbilder. Und eines der ältesten – in Mesopotamien erwähnte man seine Löwengestalt schon 4000 v. Chr.

✳ SAGENHAFT

Die erste der zwölf Aufgaben des Herakles bestand darin, den riesigen, sehr gefährlichen Nemeischen Löwen zu töten. Da der Löwe über ein Fell verfügte, an dem alle Waffen abprallten, erwürgte Herakles ihn mit seinen Armen. Überleben konnte er nur als Sternbild am Himmel.

✳ STERNZEICHEN

Datum: 23. Juli – 22. August

Eigenschaften: kreativ und heiter, mit leichtem Hang zur Faul- und Sturheit.

Symbol:

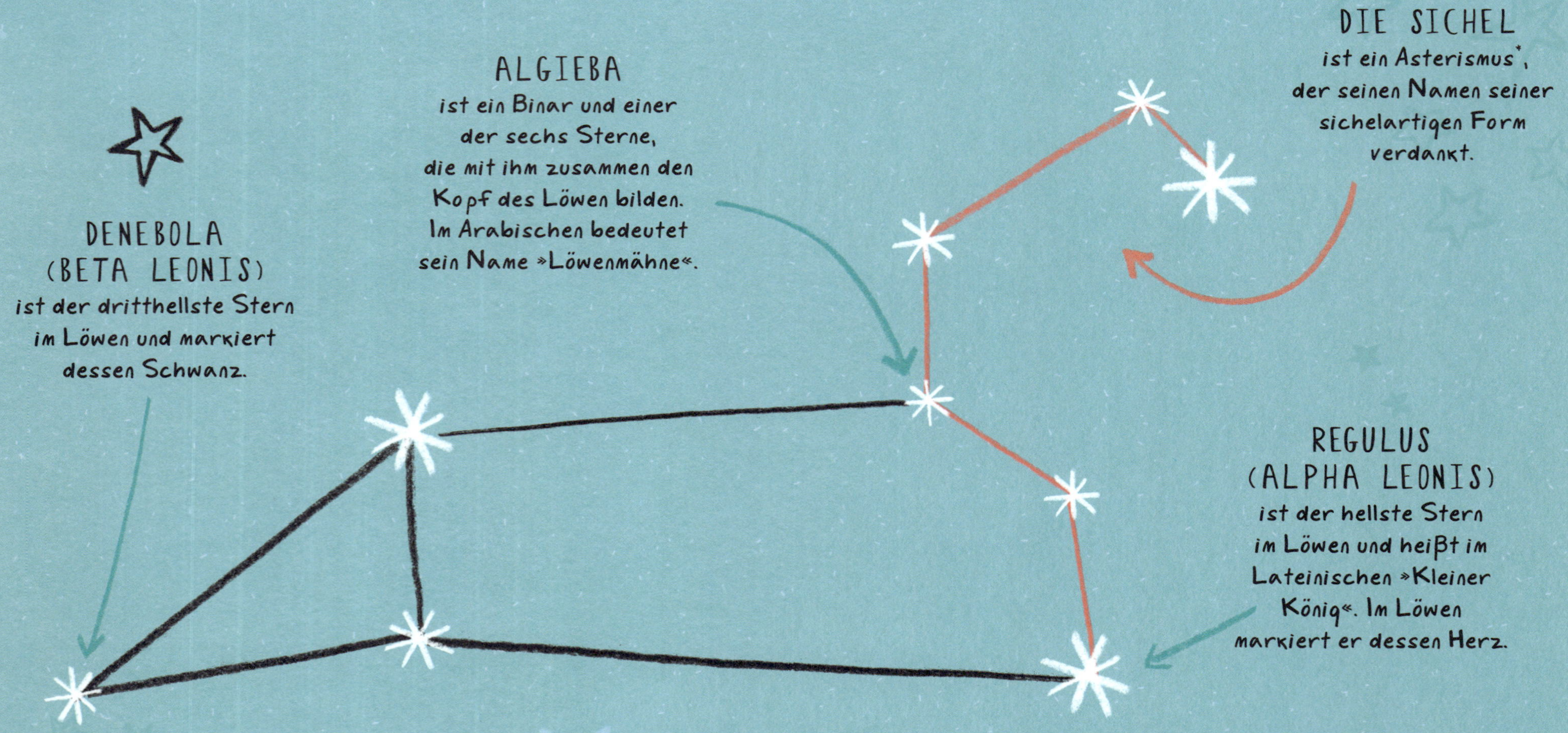

DER LÖWE AUF EINEN BLICK

Sein lateinischer Name
Leo

Sein hellster Stern
Regulus (Alpha Leonis)

Sein Platz am Himmel
Nördliche Hemisphäre

Seine Sternbild-Familie
Tierkreis

ALGIEBA
ist ein Binär und einer der sechs Sterne, die mit ihm zusammen den Kopf des Löwen bilden. Im Arabischen bedeutet sein Name »Löwenmähne«.

DIE SICHEL
ist ein Asterismus*, der seinen Namen seiner sichelartigen Form verdankt.

DENEBOLA (BETA LEONIS)
ist der dritthellste Stern im Löwen und markiert dessen Schwanz.

REGULUS (ALPHA LEONIS)
ist der hellste Stern im Löwen und heißt im Lateinischen »Kleiner König«. Im Löwen markiert er dessen Herz.

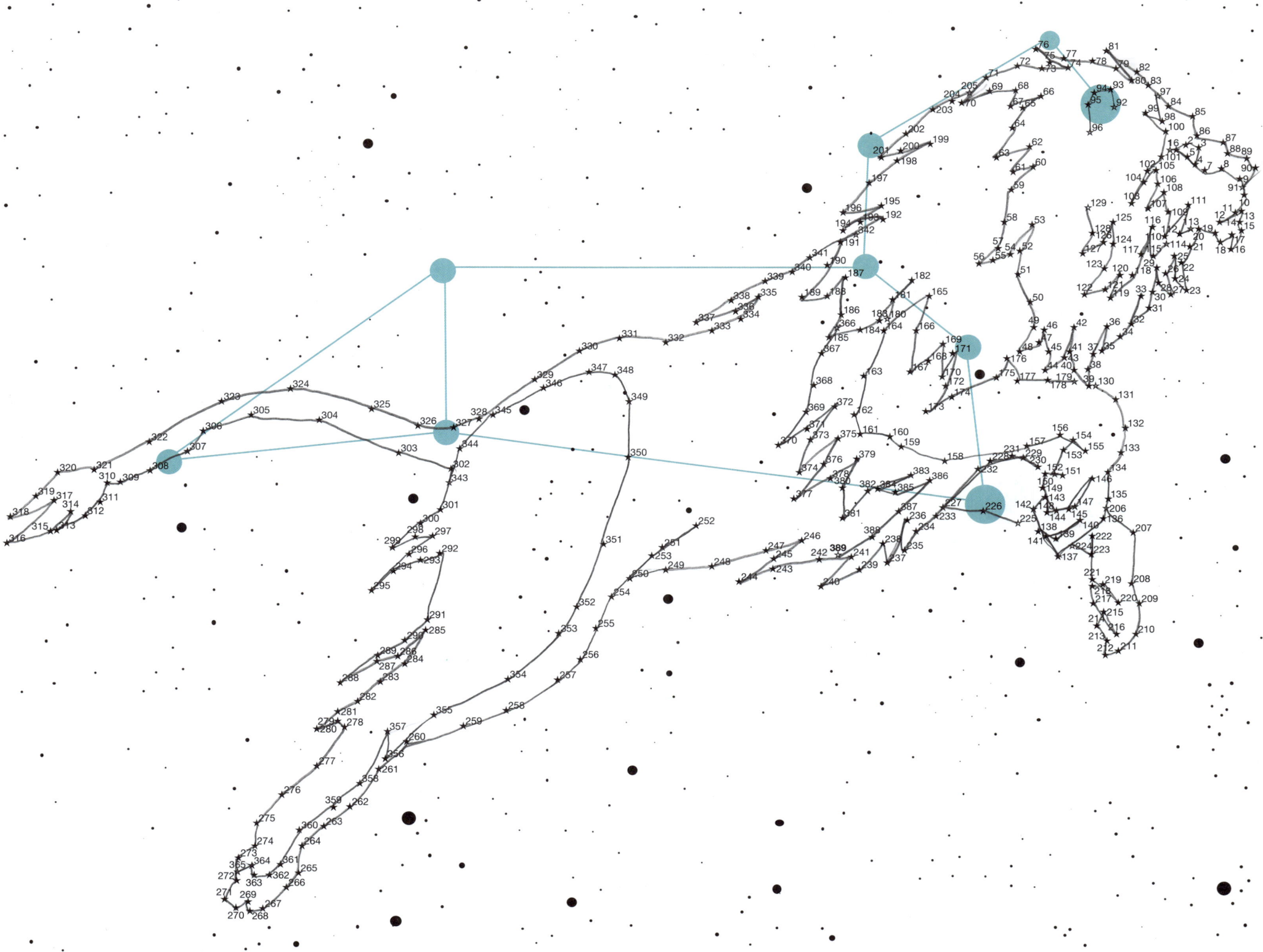

JUNGFRAU

Die Jungfrau ist das größte Sternbild im Tierkreis und das zweitgrößte am gesamten Himmel (nach der Wasserschlange). Sie steht als Göttin für Fruchtbarkeit und Gerechtigkeit und wird als Jungfrau dargestellt, mit einer Weizenähre in der Hand. Ihren Platz hat sie direkt neben der Waage.

DIE JUNGFRAU AUF EINEN BLICK

Ihr lateinischer Name
Virgo

Ihr hellster Stern
Spica (Alpha Virginis)

Ihr Platz am Himmel
Nördliche und südliche Hemisphäre

Ihre Sternbild-Familie
Tierkreis

✳ SAGENHAFT

In der griechischen Mythologie repräsentiert die Jungfrau Fruchtbarkeit und Gerechtigkeit. Eine Sage berichtet von Persephone, einer dem Frühling geweihten Jungfrau, die von ihrem Onkel Hades, dem Gott der Unterwelt, entführt wird. Daraufhin sorgt ihre Mutter Demeter, die Göttin der Fruchtbarkeit und des Getreides, für eine schreckliche Dürre und fordert Zeus auf, Persephone zu retten. Dazu darf diese allerdings in der Unterwelt nichts zu sich nehmen, was Hades jedoch vereitelt. Durch einen Trick bringt er Persephone dazu, Granatapfelkerne zu essen. Deshalb muss die Jungfrau hinfort jedes Jahr für einige Monate zurück in die Unterwelt – und sorgt dafür, dass es bei uns Winter wird.

✳ STERNZEICHEN

Datum: 23. August – 22. September

Eigenschaften: fürsorglich und arbeitsam.

Symbol: ♍

PORRIMA (GAMMA VIRGINIS)
ist ein Doppelstern und verdankt seinen Namen einer römischen Göttin.

STERNSTUNDEN
Der über die Jungfrau verteilte Virgo-Galaxienhaufen ist ungefähr 54 Millionen Lichtjahre von uns entfernt und besteht aus mindestens 1300 Galaxien. Trotzdem können wir die hellsten unter ihnen durch ein einfaches Fernrohr am Himmel entdecken.

SPICA (ALPHA VIRGINIS)
ist der hellste Stern in der Jungfrau. Ihr Name bedeutet »Weizenähre«, die Ähre, die von der Jungfrau gehalten wird.

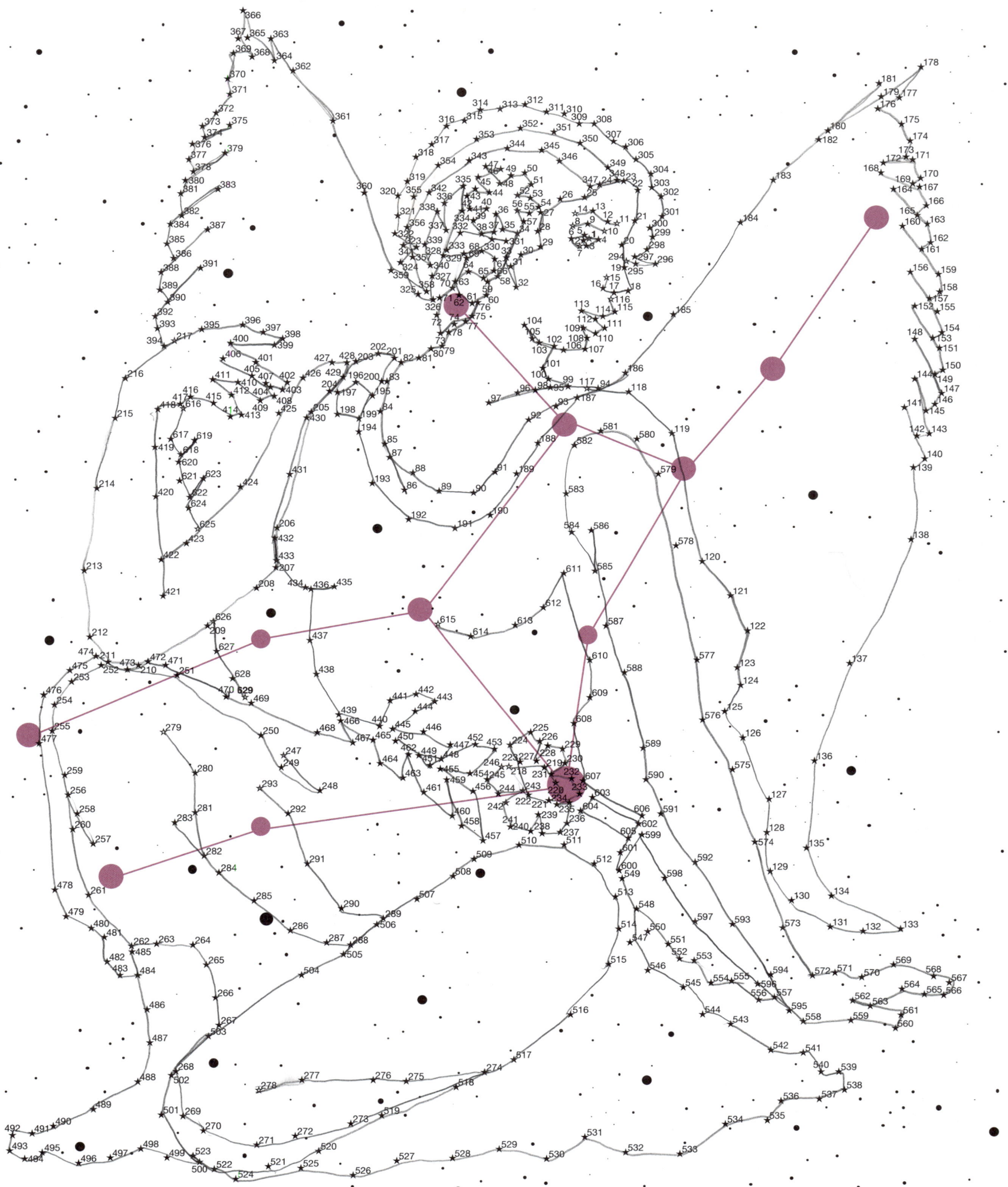

WAAGE

Die alten Römer verbanden mit diesem Sternbild die Waage, die von der benachbarten Jungfrau gehalten wird und für deren gerechtes Abwägen steht. Bei den Griechen dagegen repräsentierte dieses Sternbild die »Scheren« des ebenfalls benachbarten Skorpions.

✶ SAGENHAFT

Die griechische Sage berichtet von Dike, der griechischen Göttin der Gerechtigkeit. Sie lebte im goldenen Zeitalter der Menschheit, einer Zeit andauernden Friedens, allgegenwärtiger Gesundheit und Fruchtbarkeit sowie ewiger Jugend. Als die Menschen trotzdem immer gieriger wurden, sich bekriegten und ihren Respekt vor den Göttern verloren, packte Dike der Zorn. Sie überließ die Menschen sich selbst, flog zum Himmel und wurde zum Sternbild der Jungfrau, die Waagschalen der Gerechtigkeit in greifbarer Nähe. Von dort schaut sie seitdem voller Verachtung auf uns herunter.

✶ STERNZEICHEN

Datum: 23. September – 22. Oktober

Eigenschaften: freundlich, liebenswert und gerecht.

Symbol: ♎

DIE WAAGE AUF EINEN BLICK

Ihr lateinischer Name
Libra

Ihr hellster Stern
Zubeneschamali (Beta Librae)

Ihr Platz am Himmel
Im Sommer in der südlichen, im Winter in der nördlichen Hemisphäre

Ihre Sternbild-Familie
Tierkreis

ZUBENELGENUBI (ALPHA LIBRAE) ist ein Doppelstern. Sein arabischer Name heißt »Südliche Schere«.

ZUBENESCHAMALI (BETA LIBRAE) hat seinen Namen vom arabischen Wort »Nördliche Schere« - Schere des Skorpions - und ist der hellste Stern in der Waage.

BRACHIUM (SIGMA LIBRAE) repräsentiert eine der Waagschalen. Sein traditioneller Name bedeutet im Lateinischen »Arm«.

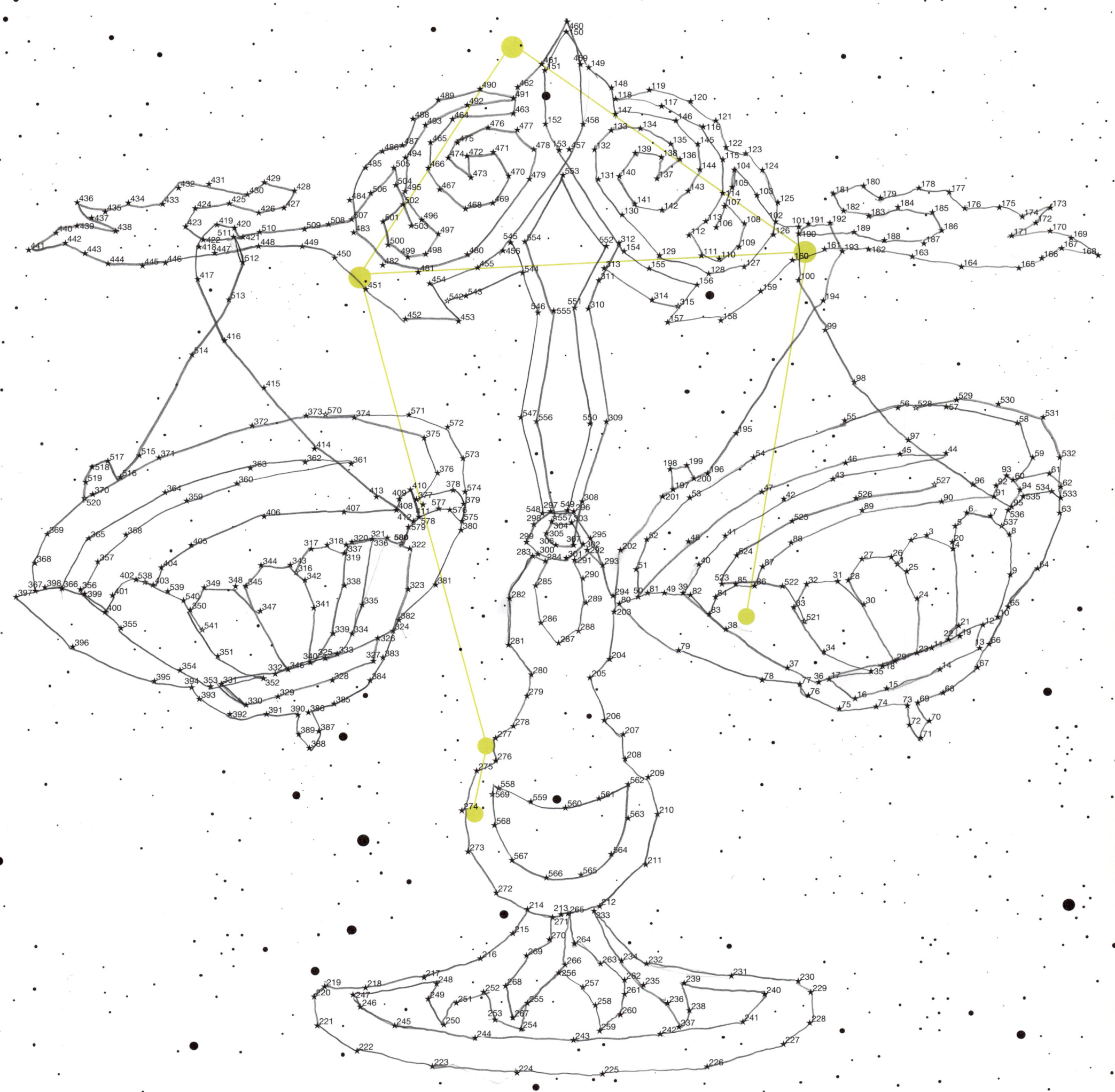

SKORPION

Mit seiner langen, eleganten Gestalt ist der Skorpion ein sehr eindrucksvolles Sternbild. Es stellt den Skorpion dar, der in der griechischen Mythologie den Orion tötete. Sein hellster Stern Antares markiert dessen Herz, der Sternenbogen an seinem Ende dessen todbringenden Stachel.

✴ SAGENHAFT

Einer griechischen Sage zufolge sandte Gaia, die Mutter Erde, den Skorpion mit dem Auftrag zu Orion, ihn umzubringen, weil dieser ständig damit prahlte, jedes Tier töten zu können. Einer anderen Version zufolge wurde er vom Gott Apollo geschickt, weil Orion sich rühmte, ein besserer Jäger zu sein als dessen Zwillingsschwester Artemis, die Göttin der Jagd. Zeus versetzte sowohl Orion wie den Skorpion an den Himmel, sorgte aber dafür, dass sie dort bis heute nur zu unterschiedlichen Zeiten zu sehen sind.

✴ STERNZEICHEN

Datum: 23. Oktober – 22. November

Eigenschaften: mutig, leidenschaftlich, unabhängig

Symbol: ♏

DER SKORPION AUF EINEN BLICK

Sein lateinischer Name
Scorpius

Sein hellster Stern
Antares

Sein Platz am Himmel
Südliche Hemisphäre

Seine Sternbild-Familie
Tierkreis

LESATH (YPSILON SCORPII)
Auch Lesath sitzt im Schwanz des Skorpions. Dieser zieht sich quer über das leuchtende Sternenband der Milchstraße – der Galaxie, der auch unser Sonnensystem angehört.

SHAULA (LAMBDA SCORPII)
kommt aus dem Arabischen und heißt »Aufgerichteter Schwanz«.

STERNSTUNDEN
Nicht alle Kulturen haben in diesem Sternbild den Skorpion gesehen. Auf Hawaii sieht man in ihm den Angelhaken des alten Häuptlings von Maui; in der chinesischen Mythologie ist dieses Sternbild Teil einer größeren Gruppe mit dem Namen »Azurblauer Drache«.

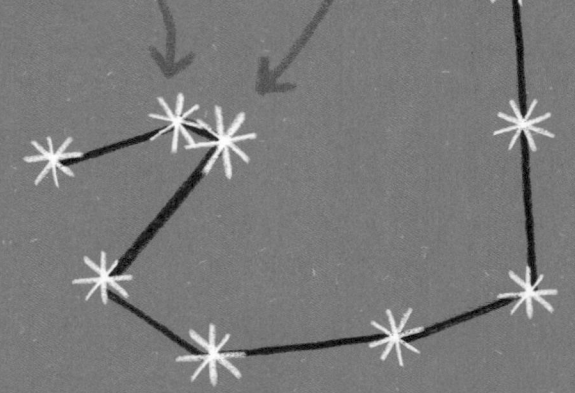

ANTARES
ist ein roter Überriese und etwa 10 000-mal heller als unsere Sonne. Sein Name bedeutet »Rivale von Mars«, wahrscheinlich auf Grund seiner markanten roten Farbe.

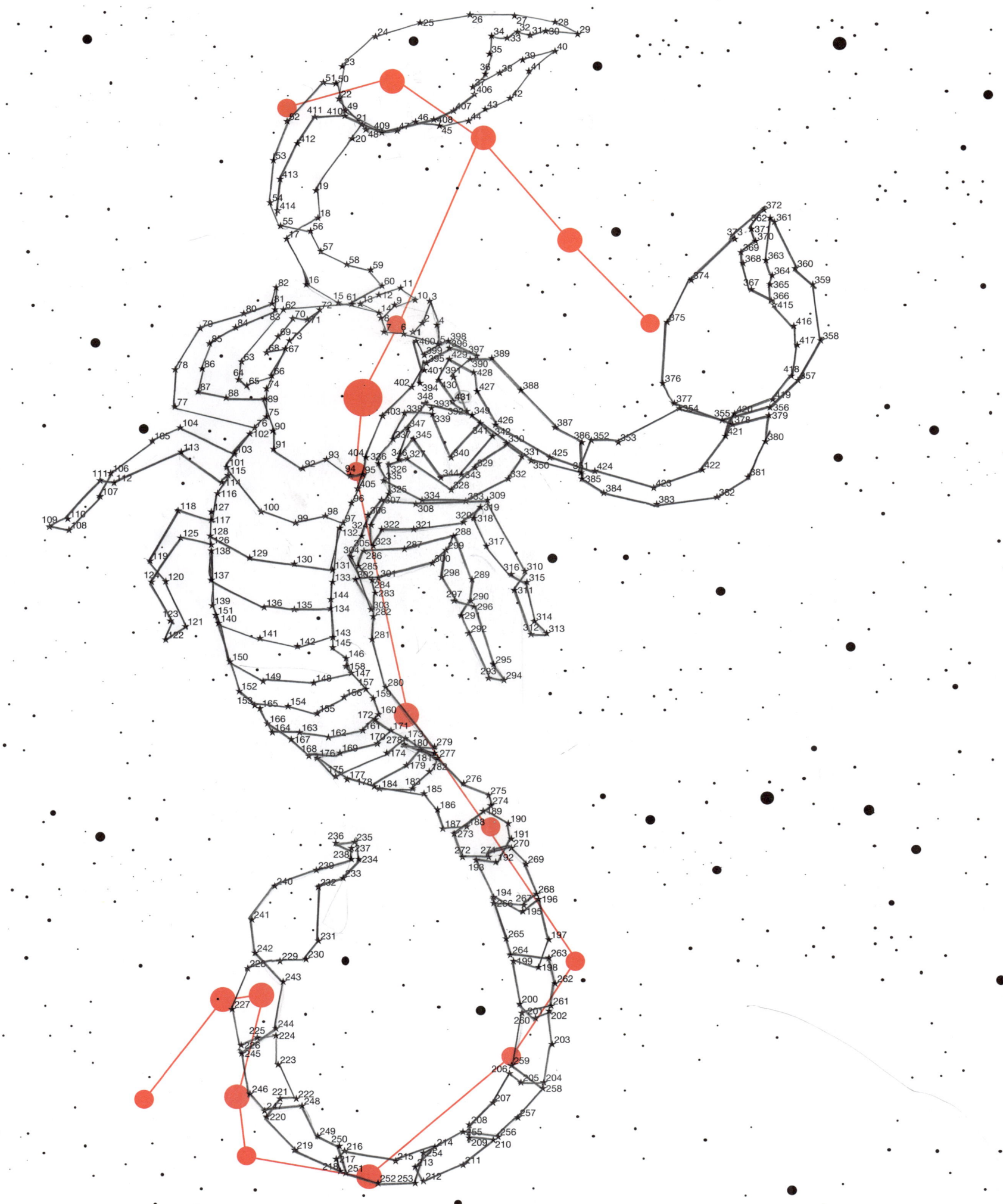

SCHÜTZE

Der Schütze steht in der Südlichen Himmelssphäre*. Er stellt einen Zentauren dar, einen Mann mit dem Körper und den Beinen eines Pferdes, der seinen Bogen spannt. An der »Teekanne«, dem von seinen hellsten Sternen gebildeten Asterismus, ist er leicht am Himmel zu erkennen.

DER SCHÜTZE AUF EINEN BLICK

Sein lateinischer Name
Sagittarius

Sein hellster Stern
Kaus Australis

Sein Platz am Himmel
Südliche Hemisphäre

Seine Sternbild-Familie
Tierkreis

✴ SAGENHAFT

Zentauren waren ursprünglich Teil der babylonischen Sagenwelt. Bei den alten Griechen wird der Schütze mit dem Satyr und Erfinder des Bogenschießens, Kroton, verbunden, einem ausgezeichneten Jäger, halb Mensch, halb Ziege.

Eine andere griechische Sage bringt den Schützen mit der Geschichte von Orion und dem Skorpion in Verbindung. Er bekam den Auftrag, den giftigen Skorpion mit einem seiner Pfeile zu töten. Deswegen sieht man noch heute, wie der Schütze die Spitze seines Pfeils auf Antares richtet, das hell leuchtende »Herz« des benachbarten Sternbilds Skorpion.

✴ STERNZEICHEN

Datum: 22. November – 21. Dezember

Eigenschaften: leicht entflammbar, humorvoll, arbeitsam

Symbol: ♐

NUNKI (SIGMA SAGITTARII)
ist der zweithellste Stern im Schützen und Teil des »Teekanne« Asterismus.

DIE TEEKANNE
ist eine leicht zu erkennende Sternengruppe im Schützen.

KAUS AUSTRALIS (EPSILON SAGITTARII)
ist der hellste Stern im Schützen und markiert das untere Ende seines Bogens. Das arabische Wort Kaus bedeutet »Bogen«.

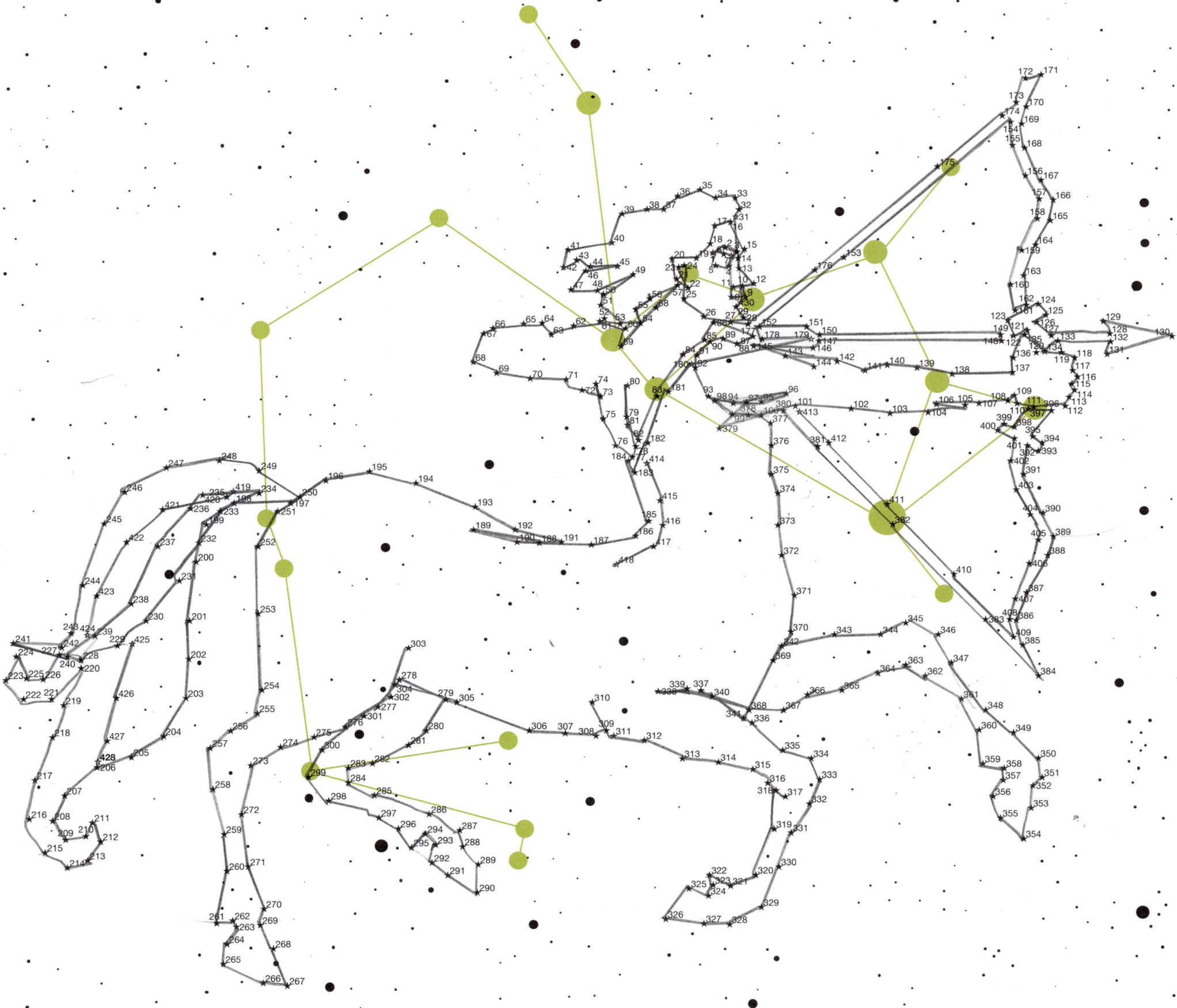

SCHWAN

Der Schwan gehört zu den hellsten Sternbildern der nördlichen Hemisphäre. Mit seinem langen Hals und seinen ausgebreiteten Schwingen ist er unverwechselbar. Sein Zentrum ist auch als Asterismus »Kreuz des Nordens« bekannt.

DER SCHWAN AUF EINEN BLICK

Sein lateinischer Name
Cygnus

Sein hellster Stern
Deneb (Alpha Cygni)

Sein Platz am Himmel
Nördliche Hemisphäre

Seine Sternbild-Familie
Herkules

✷ SAGENHAFT

Der Schwan wird oft mit der Geschichte von Göttervater Zeus und Leda, der Königin von Sparta, in Verbindung gebracht. Zeus hatte ein Auge auf die schöne Leda geworfen. Eines Tages wurde diese von einem Adler angegriffen. Um sie zu retten, schlüpfte Zeus in die Gestalt eines Schwans und verbarg Leda unter seinen Schwingen. Das Paar verliebte sich und bekam Zwillinge. Um deren Geburt zu feiern, versetzte Zeus einen Schwan an den Himmel.

✷ AUS ALLER WELT

Auch andere Kulturen sahen im Schwan vogelähnliche Geschöpfe:

- Tonga, Polynesien: Tula-Luupe, oder »Taubensitz«
- China: Que Qiao: oder »Elsternbrücke«

DENEB (ALPHA CYGNI)
ist der neunzehnthellste Stern am Himmel und rund 200-mal so groß wie die Sonne.

STERNSTUNDEN
Einen Teil unserer Galaxis kann man als Milchstraße am nächtlichen Himmel leuchten sehen. Ihr hellster Abschnitt – im nördlichen Teil der Hemisphäre – befindet sich rund um den Schwan.

ALBIREO (BETA CYGNI)
ist ein goldener bzw. blauer Doppelstern, der durchs Teleskop sehr schön zu erkennen ist. Er markiert den Kopf des Schwans und wird nach seinem arabischen Ursprung auch »Schnabelstern« genannt.

SADR (GAMMA CYGNI)
heißt im Arabischen »Brust« und bildet den Schnittpunkt des Kreuz des Nordens.

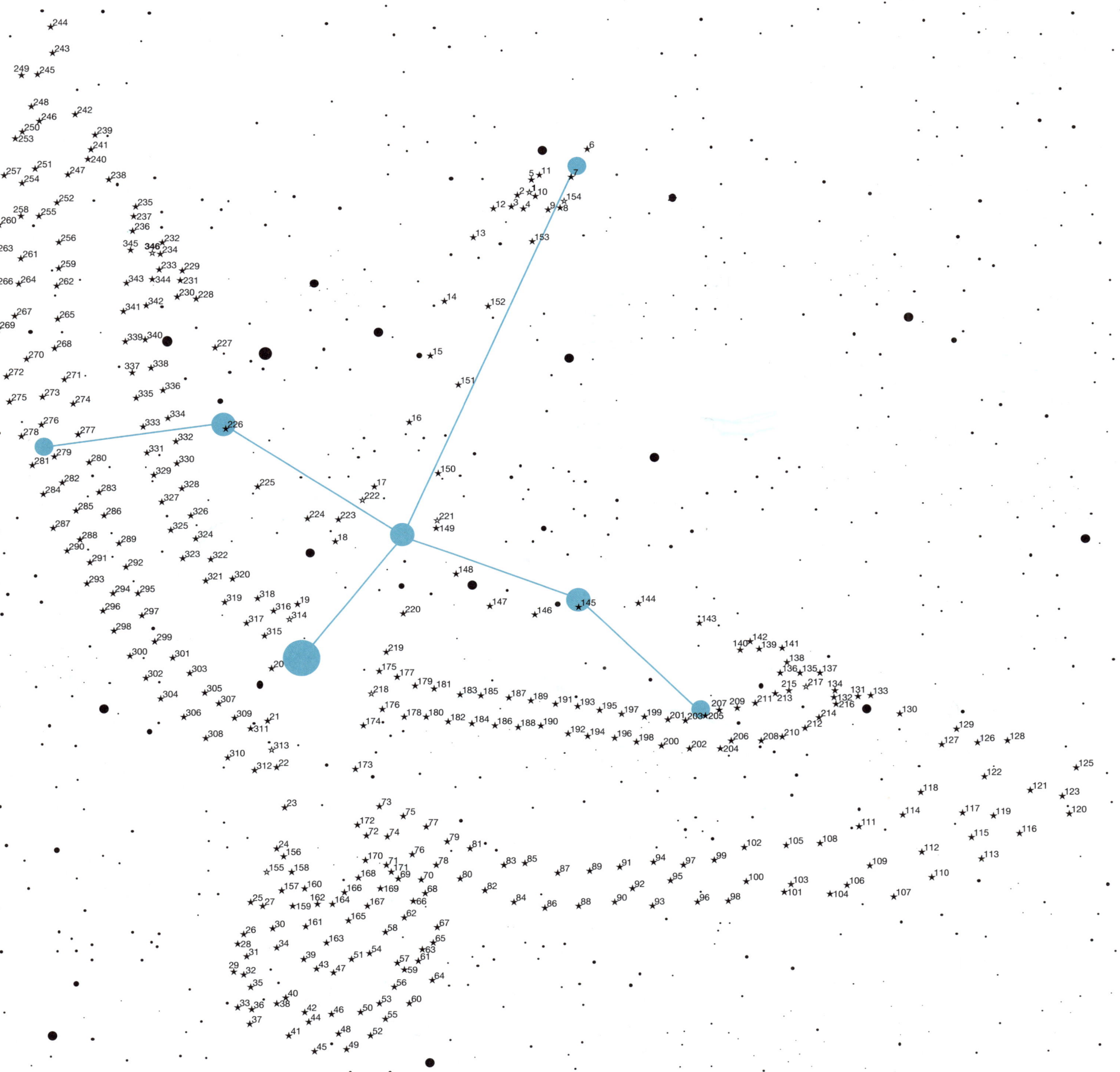

ORION

Orion ist ein großartiges Sternbild und in der ganzen Welt bekannt. Die Gestalt dieser aus der griechischen Mythologie bekannten Figur erkennt man am Himmel leicht an ihrer hocherhobenen Keule, ihrem Schild und den drei zentralen, aneinandergereihten Sternen – »Orions Gürtel«.

✶ SAGENHAFT

Von Orion existieren die unterschiedlichsten Geschichten. In einer von ihnen heißt es, der Jäger Orion sei der Schönste aller Männer. Aber auch der Hochmütigste. Er brüstete sich damit, jede Kreatur auf der Erde töten zu können. Als Gaia, der Erdgöttin, das zu Ohren kommt, lässt sie ihn zur Strafe für seinen Hochmut von einem Riesenskorpion umbringen.

✶ AUS ALLER WELT

Auch in fremden Kulturen sieht man Orion stets als kraftvolle, männliche Gestalt:

- als Osiris, den Gott des Jenseits (Altägypten)
- als himmlischen Hirten (Babylon)
- als sagenhaften Jäger Nimrod (Ungarn)
- als Chen, einen berühmten Krieger (China)

DER ORION AUF EINEN BLICK

Sein lateinischer Name
Orion

Sein hellster Stern
Rigel (Alpha Coronae Boreales)

Sein Platz am Himmel
Von Ende Herbst bis in den Frühling:
Nördliche Hemisphäre; im Sommer:
Südliche Hemisphäre

Seine Sternbild-Familie
Orion

STERNSTUNDEN

Eine 32 000 Jahre alte Elfenbeinschnitzerei, die in der Nähe von Ulm ausgegraben wurde, soll Orion darstellen.

ORIONS GÜRTEL
ist ein ebenso bekannter wie leicht zu erkennender Asterismus.

RIGEL (BETA ORIONIS)
ist der hellste Stern im Orion, 40 000-mal heller als unsere Sonne, und leuchtet in einem lebendigen weiß-blau.

BETEIGEUZE (ALPHA ORIONIS)
ist an seinem orangefarbenen Leuchten zu erkennen und markiert Orions rechte Schulter.

ORION NEBULA*
befindet sich in Orions unterer Hälfte und ist einer der auffälligsten Nebelflecke* am Himmel.

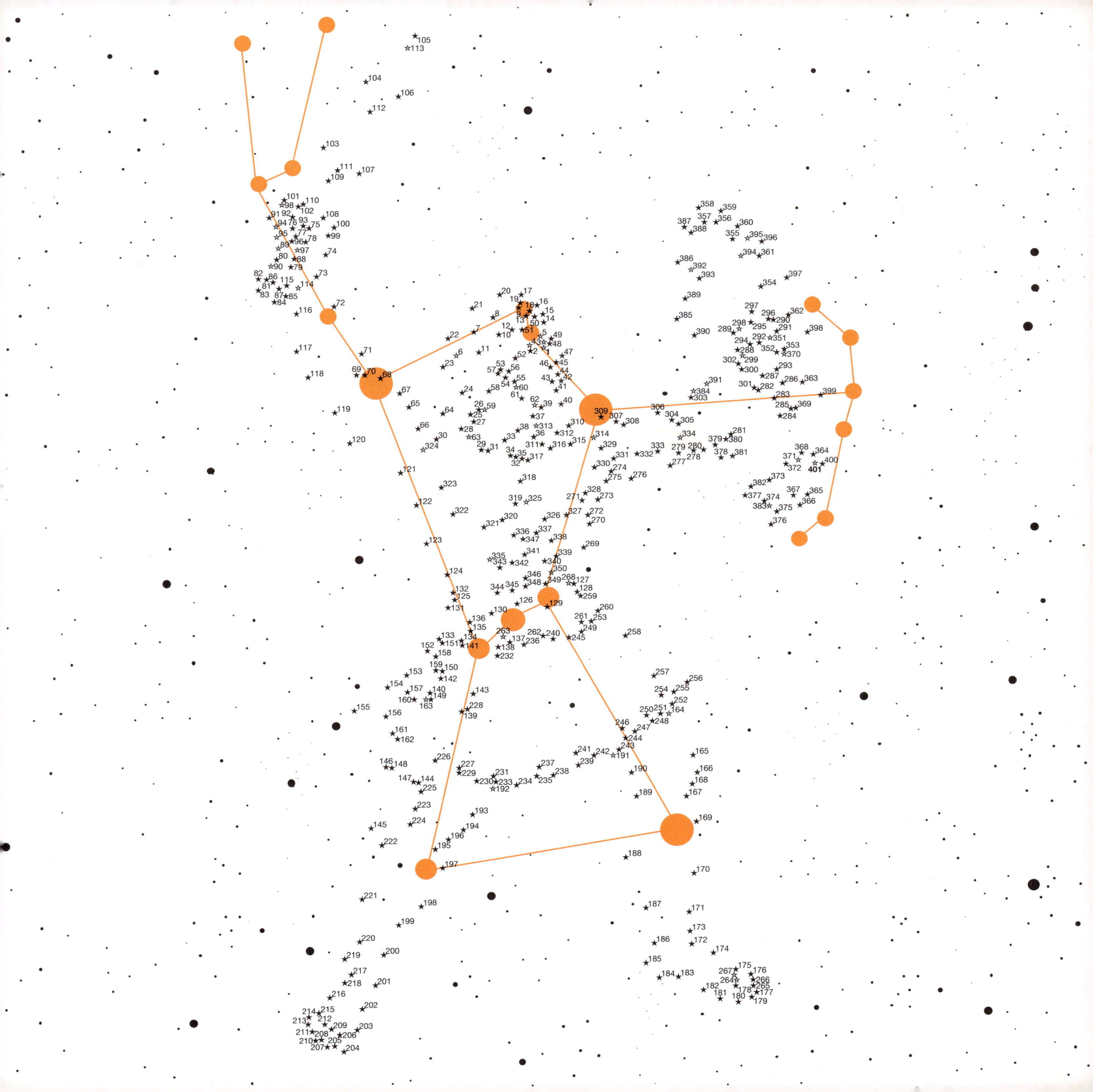

GROSSER BÄR

Der Große Bär, eines der größten Sternbilder der nördlichen Hemisphäre, ist Gegenstand vieler klassischer Sagen und Legenden. Sein prominentester Teil besteht aus einem Asterismus, der als Großer Wagen bekannt ist.

DER GROSSE BÄR AUF EINEN BLICK

Sein lateinischer Name
Ursa Major

Sein hellster Stern
Alioth

Sein Platz am Himmel
Nördliche Hemisphäre

Seine Sternbild-Familie
Ursa Major

✳ SAGENHAFT

Der griechischen Sage nach war Kallisto eine wunderschöne Jungfrau. Als der Göttervater Zeus sie sah, verliebte er sich sofort in sie, und die beiden hatten einen Sohn, Arkas. Aber Hera war über den Seitensprung ihres Mannes so erzürnt, dass sie Rache schwor und Kallisto in einen Bären verwandelte. Nachdem Kallisto so jahrelang allein durch die Wälder gezogen war, stand sie eines Tages ihrem verlorenen Sohn Auge in Auge gegenüber. Arkas war drauf und dran, den Bären zu töten, doch Zeus verhinderte es im letzten Moment und versetzte die beiden an den Himmel, als Kleinen und als Großen Bär.

✳ AUS ALLER WELT

Was fremde Kulturen im Großen Wagen sahen und sehen:

- Septentrio = »Sieben Ochsen« (Römer)
- Sapta Rishi = »Sieben Weise« (Hindus)
- Steelpannetje = »Bratpfanne« (Holland)

ALIOTH (EPSILON URSAE MAJORIS)
ist rund 80 Millionen Lichtjahre von unserer Sonne entfernt und der hellste Stern im Großen Bären.

STERNSTUNDE
Im Großen Bären befindet sich die »Feuerrad Galaxie«, einer der bekanntesten Spiralnebel an unserem Himmel. In seinen markanten Spiralarmen und seiner hell leuchtenden Mitte beherbergt er viele Milliarden Sterne.

FEUERRAD GALAXIE

DUBHE (ALPHA URSAE MAJORIS)
heißt im Arabischen »Bär« und ist der zweithellste Stern dieses Sternbilds.

GROSSER WAGEN
Er besteht aus den sieben hellsten Sternen des Großen Bären und ist dessen am deutlichsten erkennbarer Teil.

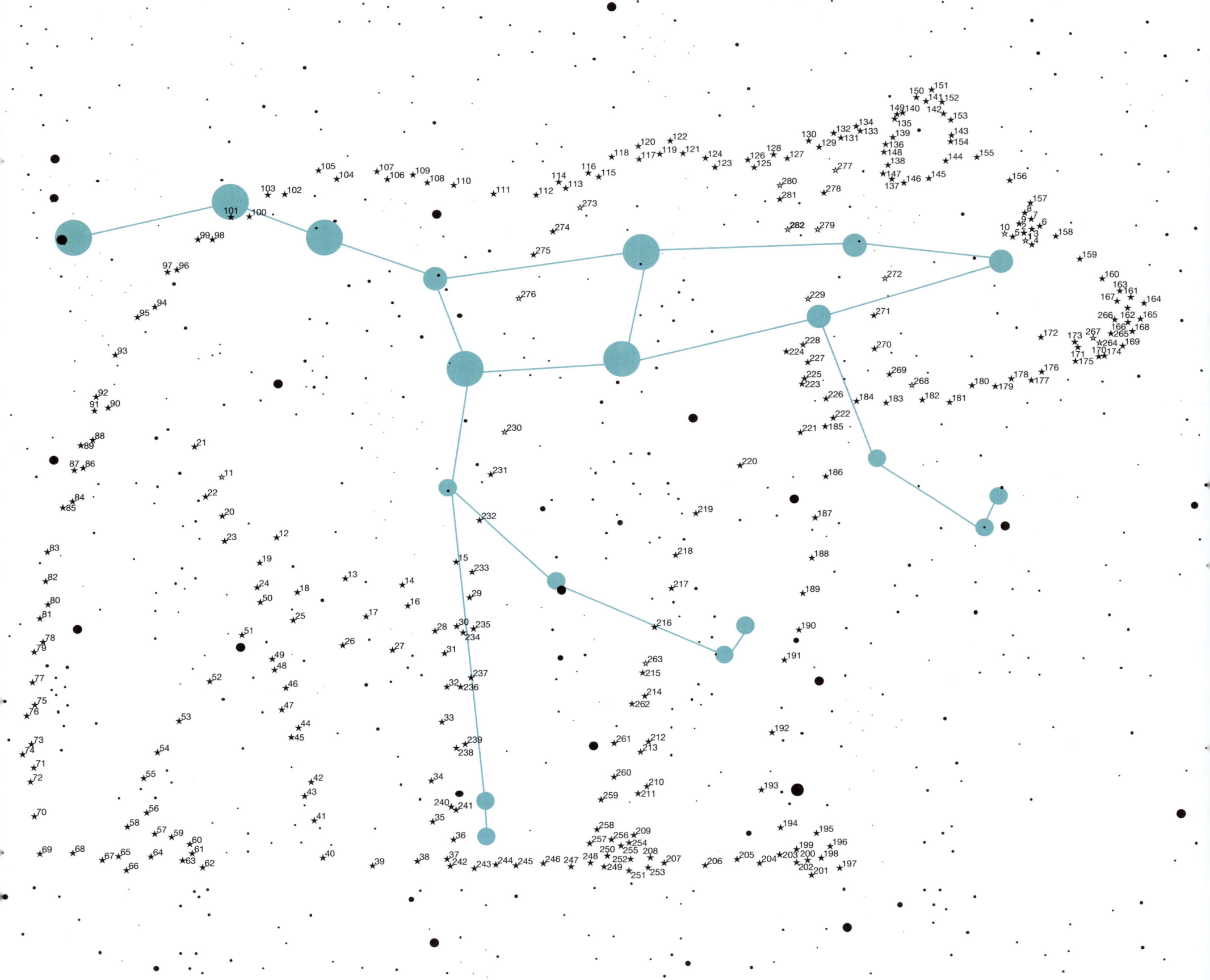

PEGASUS

Auch Pegasus gehört zu den größten Sternbildern und ist der griechischen Sage nach ein geflügeltes Pferd. Sein bekanntester Teil ist das »Herbstviereck«, ein Asterismus aus seinen drei hellsten Sternen sowie Alpheratz, dem hellsten Stern des benachbarten Sternbilds Andromeda.

✷ SAGENHAFT

Pegasus war ein stattliches, geflügeltes Pferd. Es war vom griechischen Helden Bellorophontes gefangen und gezähmt worden und stand diesem bei vielen seiner Heldentaten hilfreich zur Seite, vor allem bei dessen Überwindung der feuerspeienden Schimäre. Von sich selbst mehr als überzeugt, begab sich Bellorophontes daraufhin zum Olymp, in der Hoffnung, dort aufgenommen zu werden. Aber auf dem Weg dorthin fiel er von Pegasus' Rücken und stürzte zurück auf die Erde. Pegasus flog alleine weiter, erreichte den Olymp und wurde von Zeus an den Himmel versetzt.

✷ AUS ALLER WELT

Andere sehen im Herbstviereck:
- ein Bettgestell (Indien)
- einen Grill (Guyana, Südamerika)

DER PEGASUS AUF EINEN BLICK

Sein lateinischer Name
Pegasus

Sein hellster Stern
Enif (Epsilon Pegasi)

Sein Platz am Himmel
Nördliche Hemisphäre

Seine Sternbild-Familie
Perseus

ENIF (EPSILON PEGASI)
ist der hellste Stern im Pegasus. Sein arabischer Name bedeutet »Nase« und markiert das Maul des Pferdes.

MARKAB (ALPHA PEGASI)
ist der hellste Stern im Herbstviereck. Sein Name bedeutet im Arabischen »Pferdesattel«.

ALPHERATZ (ALPHA ANDROMEDAE)
gehört zum Sternbild Andromeda und bildet den vierten Eckpunkt des Herbstvierecks.

HERBSTVIERECK
ist einer der markantesten Asterismen am Sternenhimmel.

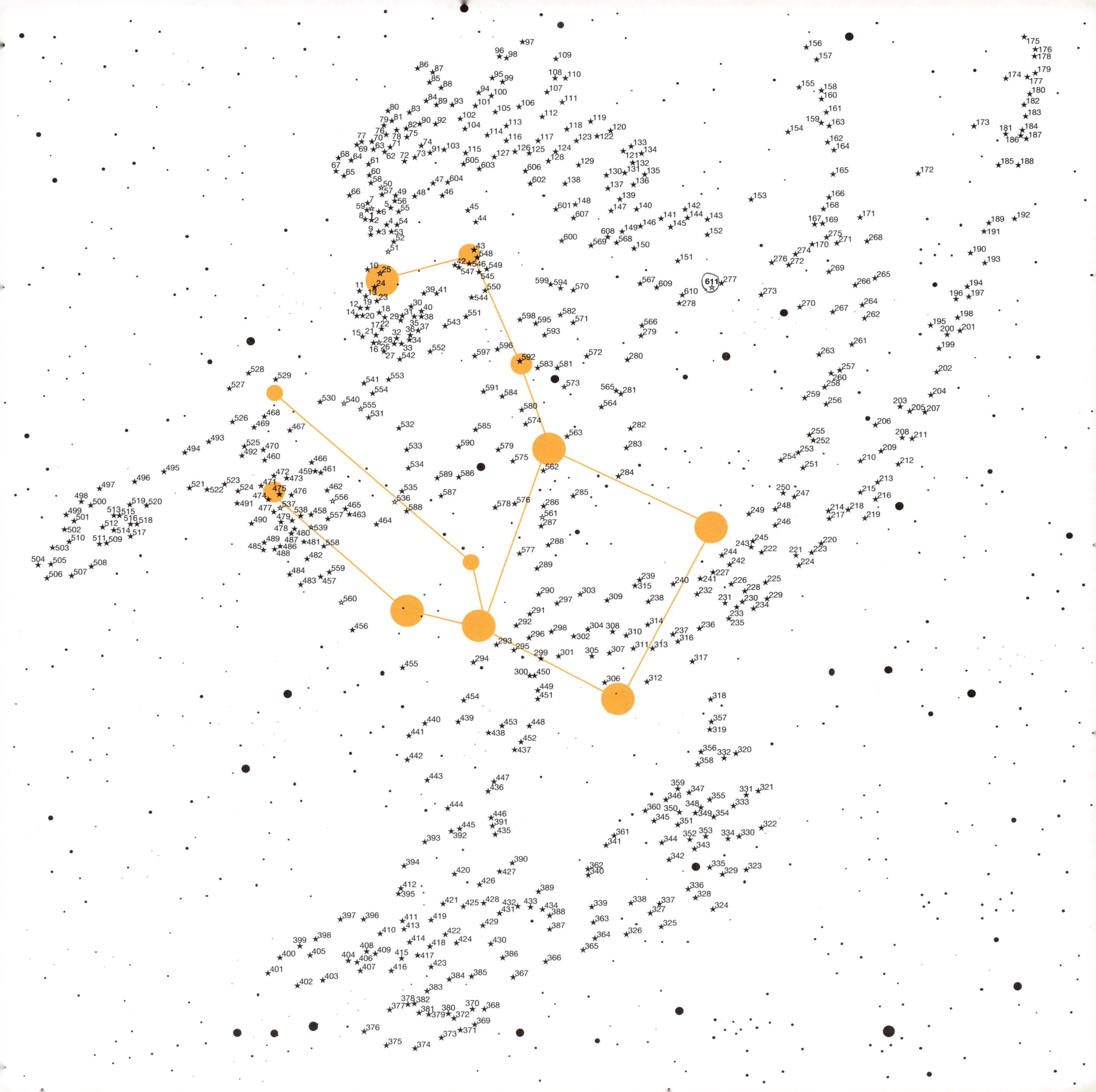

KASSIOPEIA

Das Sternbild verdankt seinen Namen der griechischen Sage von der eitlen und prahlerischen Königin Kassiopeia. Es stellt die Königin dar, wie sie auf dem Thron sitzt und sich die Haare kämmt. Sehr viel leichter jedoch fällt es, in diesem Bild ein »W« zu erkennen, gebildet aus seinen hellsten Sternen.

KASSIOPEIA AUF EINEN BLICK

Ihr lateinischer Name
Cassiopeia

Ihr hellster Stern
Schedar (Alpha Cassiopeiae)

Ihr Platz am Himmel
Nördliche Hemisphäre

Ihre Sternbild-Familie
Perseus

✷ SAGENHAFT

Kassiopeia, Frau von König Kepheus und Mutter von Prinzessin Andromeda, prahlte vor den Nereiden, dass sie deren Schönheit noch weit in den Schatten stelle. Außer sich vor Wut brachten die Nymphen – immerhin Halbgöttinnen – den Meeresgott Poseidon dazu, zur Strafe ein Seeungeheuer loszuschicken, um Kassiopeias Königreich zu zerstören. Um das Ungeheuer (den Wal) aufzuhalten, bot Kepheus an, seine Tochter Andromeda zu opfern und kettete sie an einen Felsen. Dort wurde sie vom Helden Perseus gerettet. Die Tatsache, von Poseidon für immer an den Himmel versetzt worden zu sein, sehen viele als weitere Strafe an.

✷ AUS ALLER WELT

In anderen Kulturen wurde in diesem Sternbild eher ein tierisches als ein menschliches Wesen gesehen:

- eine Spinne (Indianer im Südwesten der USA)
- ein Elch (Skandinavien)
- die Schwanzflosse eines Wals (Marshallinseln)

RUCHBAH (DELTA CASSIOPEIAE)
ist ein Doppelstern. Sein Name kommt vom arabischen Wort für Knie.

SEGIN (EPSILON CASSIOPEIAE)
ist mehr als 2500-mal so groß wie unsere Sonne.

SIH (GAMMA CASSIOPEIAE)
ist der zentrale Stern in Kassiopeias Himmels-W. Der Stern dreht sich sehr schnell um sich selbst und verändert (von uns aus gesehen) ständig seine Helligkeit.

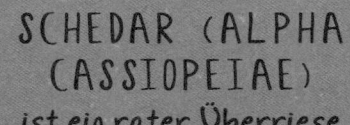

STERNSTUNDEN
Der nach einem Videospiel benannte Pac-Man-Nebel ist ein großer Emissionsnebel im Gebiet der Kassiopeia. Manche erinnern seine dunklen Stellen an Pacmans aufgerissenen Mund.

SCHEDAR (ALPHA CASSIOPEIAE)
ist ein roter Überriese und der hellste Stern der Kassiopeia.

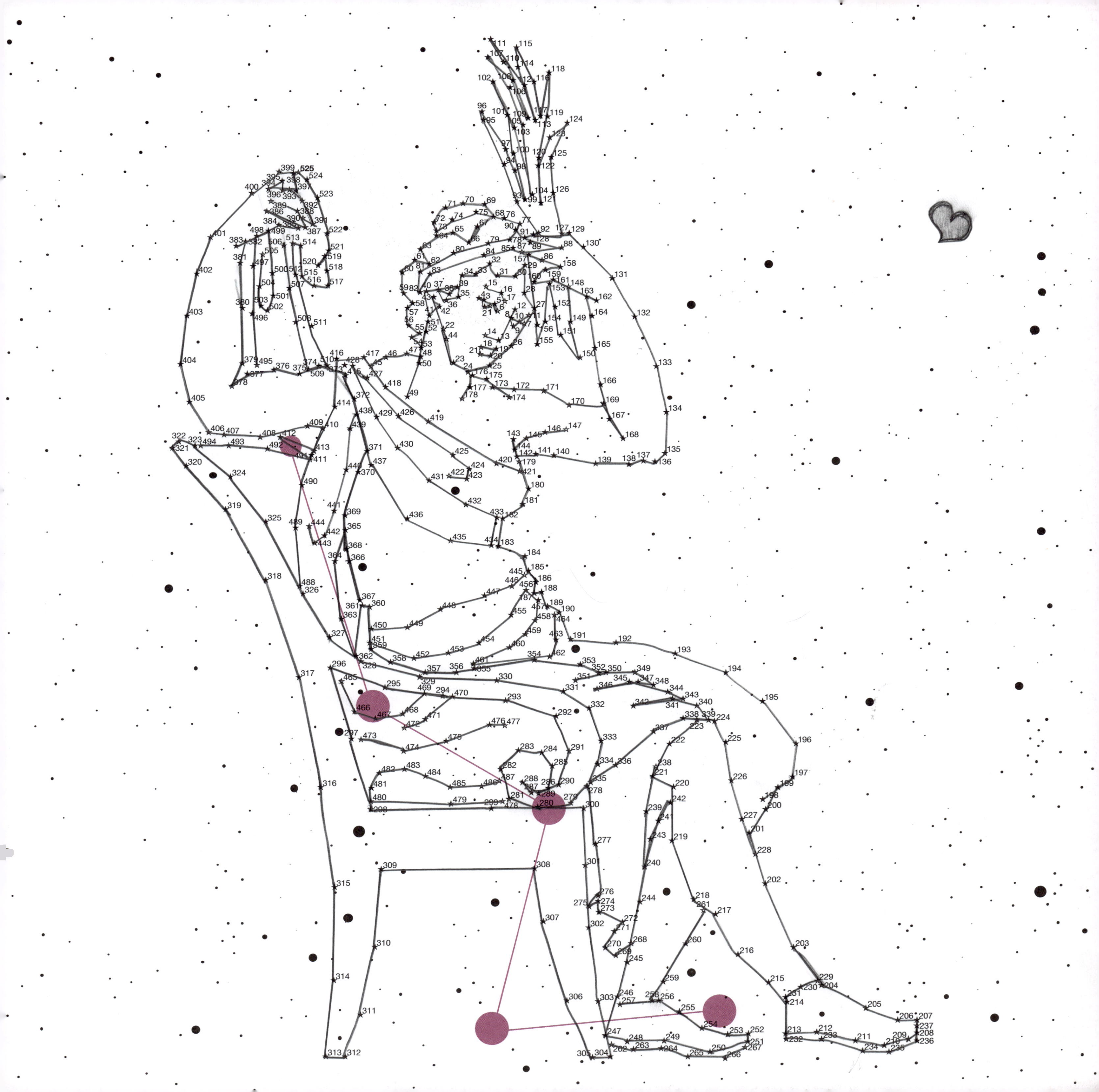

KREUZ DES SÜDENS

Das Kreuz des Südens ist das auffälligste Sternbild der südlichen Himmelshälfte. Seine vier hellen Sterne wurden seit tausenden von Jahren von den Menschen erkannt. Das Kreuz des Südens ist das kleinste aller 88 Sternbilder.

✸ SAGENHAFT

Das Kreuz des Südens spielte bei den Griechen und Römern so gut wie keine Rolle und wurde dem Zentauren zugeordnet. Ab etwa 400 n. Chr. verschwand dieses Sternbild aus dem Gesichtsfeld der nördlichen Hemisphäre. In prähistorischer Zeit kam das Kreuz jedoch bereits in den Geschichten australischer Aborigines vor. Unter anderem als Himmels-Emu, einem großen Vogel, dessen Kopf es bildete. Je nach Jahreszeit ändert sich der Anblick des Emus: Sieht es so aus, als liefe es über den Himmel, ist die Zeit gekommen, seine Eier aufzusammeln – die Zeit der Ernte. Senkt sich sein Kopf tief zum Horizont, sitzt es in einem Wasserloch – ein Zeichen für die Regenzeit.

✸ AUS ALLER WELT

Andere Namen für das Kreuz des Südens:
- Treppe (die Inka Perus, 1300 – 1500)
- Anker (die Maori Neuseelands)
- Ente (Tonga, Polynesien)
- Kugelfisch (Samoa, Polynesien)

DAS KREUZ DES SÜDENS AUF EINEN BLICK

Sein lateinischer Name
Crux

Sein hellster Stern
Acrux (Alpha Crucis)

Sein Platz am Himmel
Südliche Hemisphäre

Seine Sternbild-Familie
Herkules

STERNSTUNDEN
Das Kreuz des Südens ist auf den Nationalflaggen einiger Länder der südlichen Hemisphäre verewigt: u. a. in Australien, Neuseeland, Brasilien und Papua Neu Guinea.

GACRUX (GAMMA CRUCIS)
dient oft als Navigationshilfe, denn die Linie von ihm zu Acrux (unten) führt ziemlich direkt zum südlichen Himmelspol.

ACRUX (ALPHA CRUCIS)
ist der hellste Stern im Kreuz des Südens und der dreizehnthellste am Himmel.

MIMOSA (BETA CRUCIS)
Seinen Namen verdankt er vielleicht der Tatsache, dass er blau-weiß leuchtet, so wie die Blüten einiger Mimosen.

HERKULES

Obwohl Herkules zu den wirklich großen Sternbildern gehört, ist er auf Grund seiner Lichtschwäche am Himmel nicht leicht zu finden. Er stellt den römischen Helden Herkules dar, den die alten Griechen Herakles nannten, und steht mit erhobener Keule über einem gerade von ihm erschlagenen Drachen.

✶ SAGENHAFT

Der griechischen Sage nach musste der außerordentlich starke Krieger und Held Herakles 12 Arbeiten oder Aufgaben als Strafe dafür ausführen, dass er unter einem Zauberbann seine Familie erschlagen hatte. Die elfte Aufgabe bestand darin, die goldenen Äpfel aus dem Garten der Hesperiden zu stehlen, der von Ladon, dem vielköpfigen Drachen bewacht wurde. Nur mit seiner Keule bewaffnet, überwand Herakles den Drachen und machte sich mit den goldenen Äpfeln aus dem Staub. Am Himmel hat er seinen Platz nun aber wieder direkt neben dem Drachen.

✶ AUS ALLER WELT

Andere Heldenfiguren vergangener Kulturen, die manchmal mit Herkules verbunden werden:

- Gilgamesch, ein für seine Stärke gerühmter Halbgott (Sumerer, 4000 v. Chr.)
- Herishaf, der Widder-Gott (Altägypten)
- Melkart, Hauptgott von Tyros (Phönizien, 1000 v. Chr.)

HERKULES AUF EINEN BLICK

Sein lateinischer Name
Hercules, vom griechischen Herakles

Sein hellster Stern
Kornephoros (Beta Herculis)

Sein Platz am Himmel
Nördliche Hemisphäre

Seine Sternbild-Familie
Herkules

KORNEPHOROS (BETA HERCULIS)
ist der hellste Stern im Herkules. Sein Name bedeutet im Griechischen »Keulenträger«. Er markiert die Achsel unseres Helden.

STERNSTUNDEN
Der seitlich vom Keystone-Asterismus plazierte Herkuleshaufen ist mit rund 300 000 Sternen einer der hellsten Kugelsternhaufen* der nördlichen Himmelshälfte. Man kann ihn sogar mit bloßem Auge erkennen, als leicht verschwommenen, kleinen Fleck.

ZETA HERCULIS
ist der hellste Stern im Keystone-Asterismus.

KEYSTONE
ist ein quadratischer Asterismus, der den Torso des Herkules darstellt.

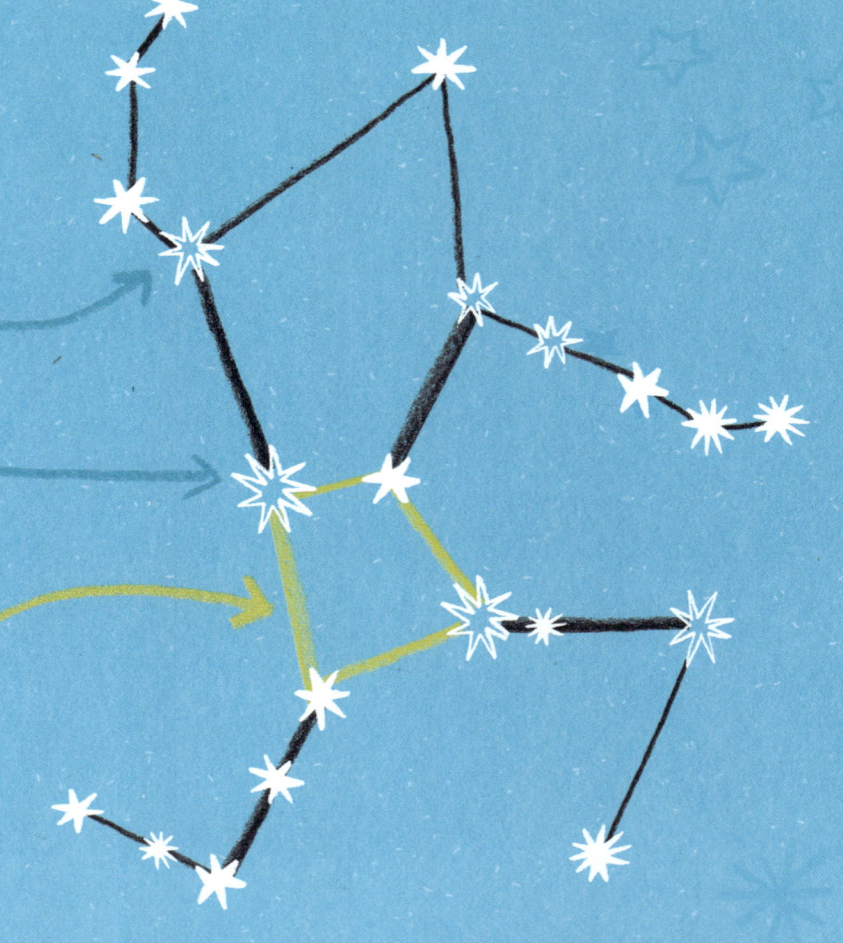

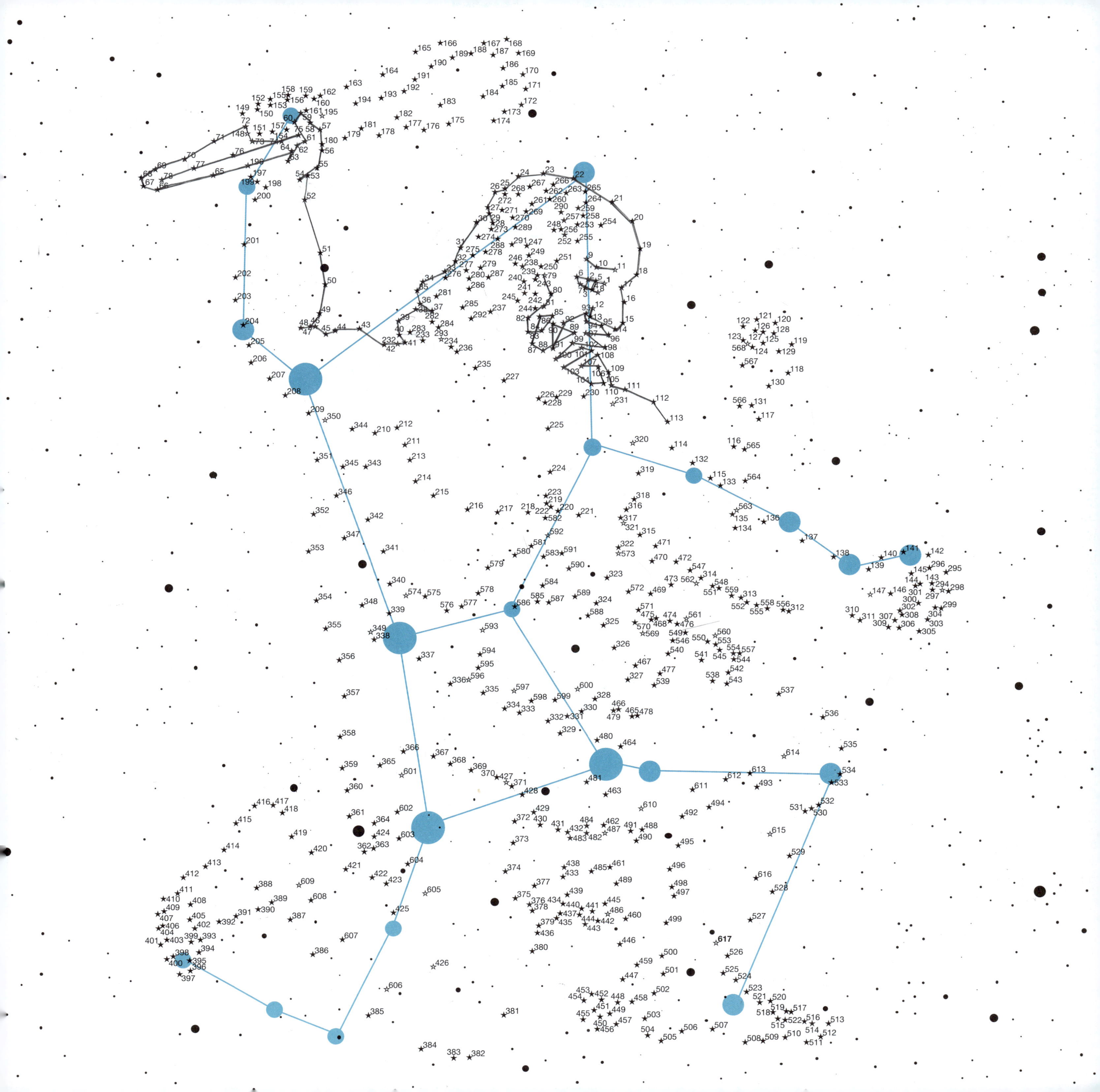

HASE

Der Hase springt zu Füßen von Orion in der südlichen Himmelssphäre herum. Es heißt, er renne über den Himmel, um den beiden Jagdhunden des Orion zu entkommen, dem benachbarten Großen und dem Kleinen Hund.

✷ SAGENHAFT

Einer griechischen Sage zufolge brachte sich ein Mann eine schwangere Häsin als Haustier mit auf die Insel Leros. Das Tier bekam seine Jungen, und nicht viel später hielt sich jeder auf der Insel Hasen. Schon bald wurde Leros von ihnen überflutet. Sie fraßen den Inselbewohnern das gesamte Getreide weg, so dass diese fast verhungerten. Mit vereinten Kräften gelang es ihnen, die Hasen wieder los zu werden, und die Götter versetzten einen Hasen an den Himmel, als Mahnung, dass zu viel von etwas nicht immer glücklich macht.

✷ AUS ALLER WELT

Andere Namen für den Hasen:

- Kamele, die sich am Milchstraßenfluss laben (Arabien)
- ein Stall (China)
- das Boot von Osiris (Ägypten)

DER HASE AUF EINEN BLICK

Sein lateinischer Name
Lepus

Sein hellster Stern
Arneb (Alpha Leporis)

Sein Platz am Himmel
Südliche Hemisphäre

Seine Sternbild-Familie
Orion

ARNEB (ALPHA LEPORIS)
ist ein arabischer Ausdruck für »Hase«.
Hellster Stern im Hasen.

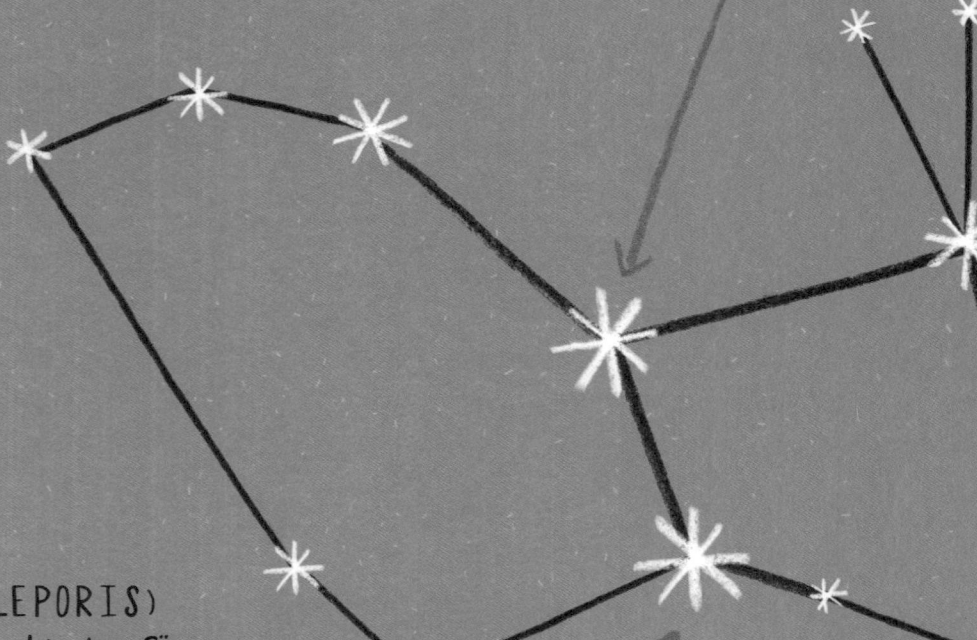

SASIN (EPSILON LEPORIS)
ist ein roter Überriese und soll 1,72 Milliarden Jahre alt sein.

NIHAL (BETA LEPORIS)
Sein Name steht im Arabischen für »Kamele, die ihren Durst löschen«, weil man diese Sterne mit Kamelen verband.

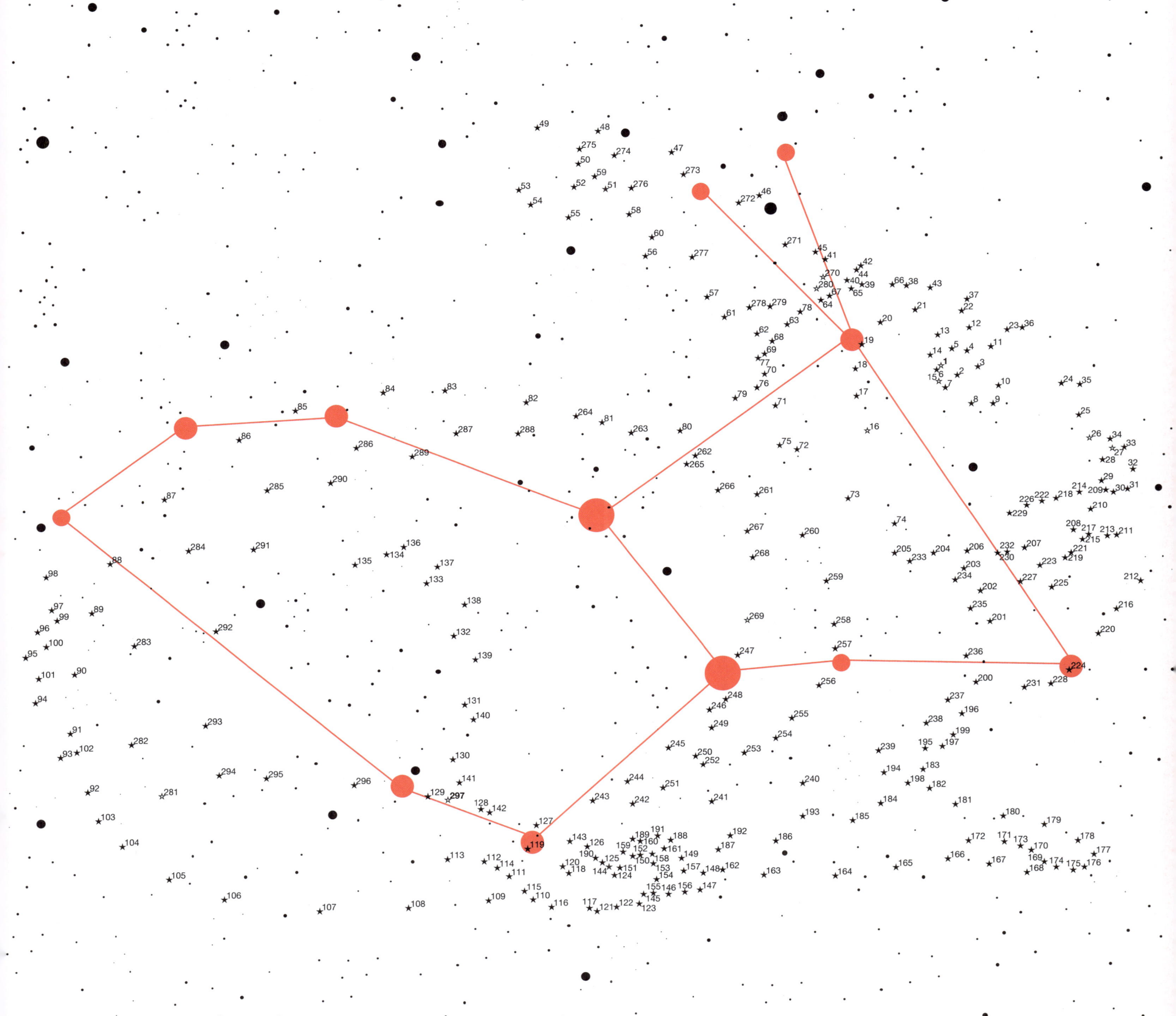

WOLF

Südliches Sternbild, das seinen Platz am Himmel zwischen dem Zentaur und dem Skorpion einnimmt. Die alten Griechen sahen in ihm ein wildes Tier, das von einem Zentaur aufgespießt wurde – halb Mensch, halb Pferd.

✷ SAGENHAFT

Für die alten Griechen und Römer gehörte der Wolf zum Sternbild Zentaur: Ein Zentaur griff eine wilde Bestie an, spießte sie auf und opferte sie auf einem Altar. Am Himmel hält der Zentaur den Wolf in Richtung des Sternbilds Ara, lateinisch für »Altar«.

✷ AUS ALLER WELT

In vielen Kulturen wurde das Sternbild Wolf als wildes Tier gesehen, als Wolf allerdings nicht vor dem 15. Jahrhundert:

- Ur-Idim - »Wildhundartige Kreatur« (In Babylon)
- Therion – »wildes Tier« (Im alten Griechenland)
- Bestia – »Biest« (Im alten Rom)
- Al Sabu – »wildes Biest« (In arabischen Ländern)

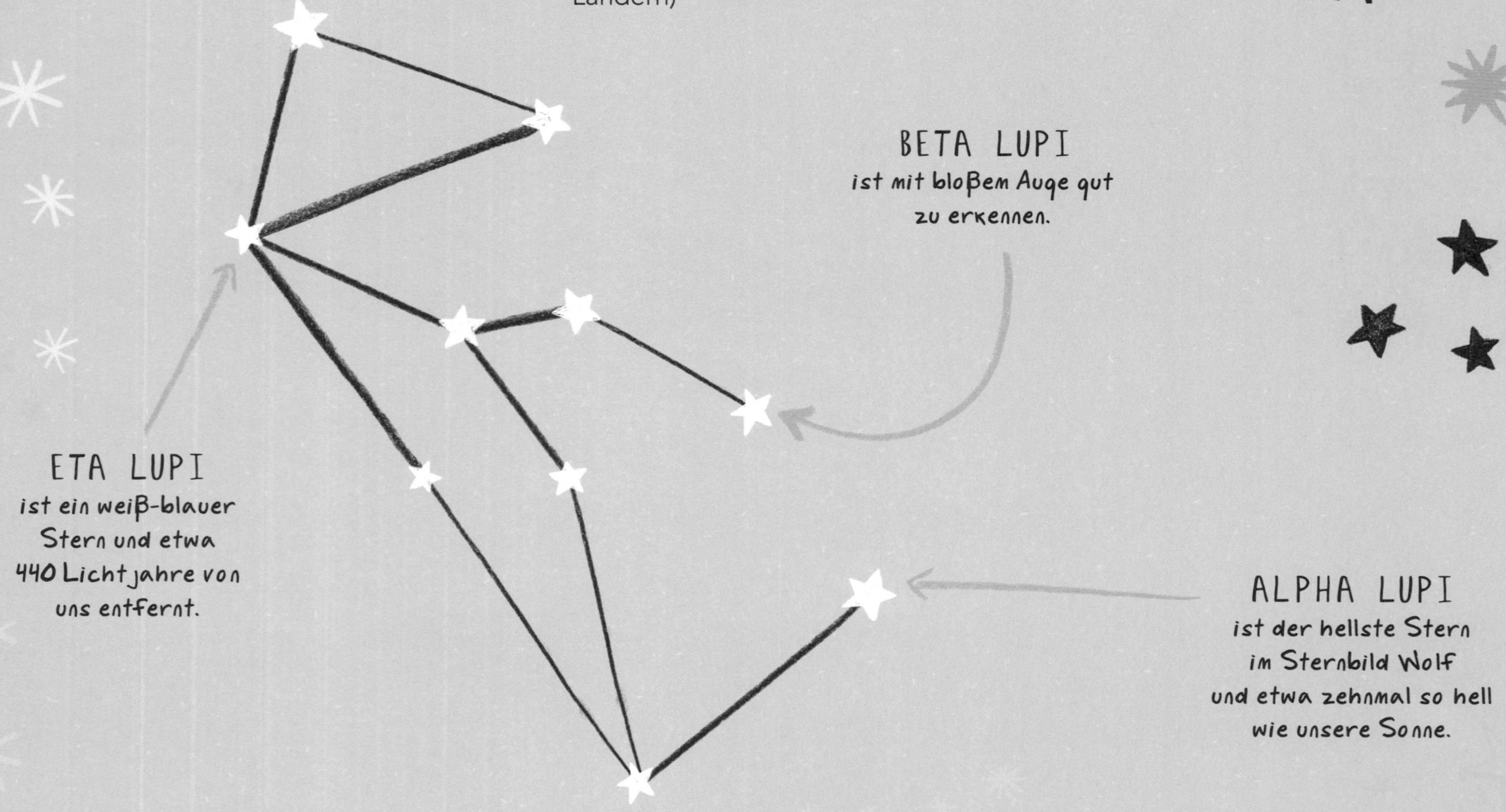

DER WOLF AUF EINEN BLICK

Sein lateinischer Name
Lupus

Sein hellster Stern
Alpha Lupi

Sein Platz am Himmel
Südliche Hemisphäre

Seine Sternbild-Familie
Herkules

BETA LUPI
ist mit bloßem Auge gut zu erkennen.

ETA LUPI
ist ein weiß-blauer Stern und etwa 440 Lichtjahre von uns entfernt.

ALPHA LUPI
ist der hellste Stern im Sternbild Wolf und etwa zehnmal so hell wie unsere Sonne.

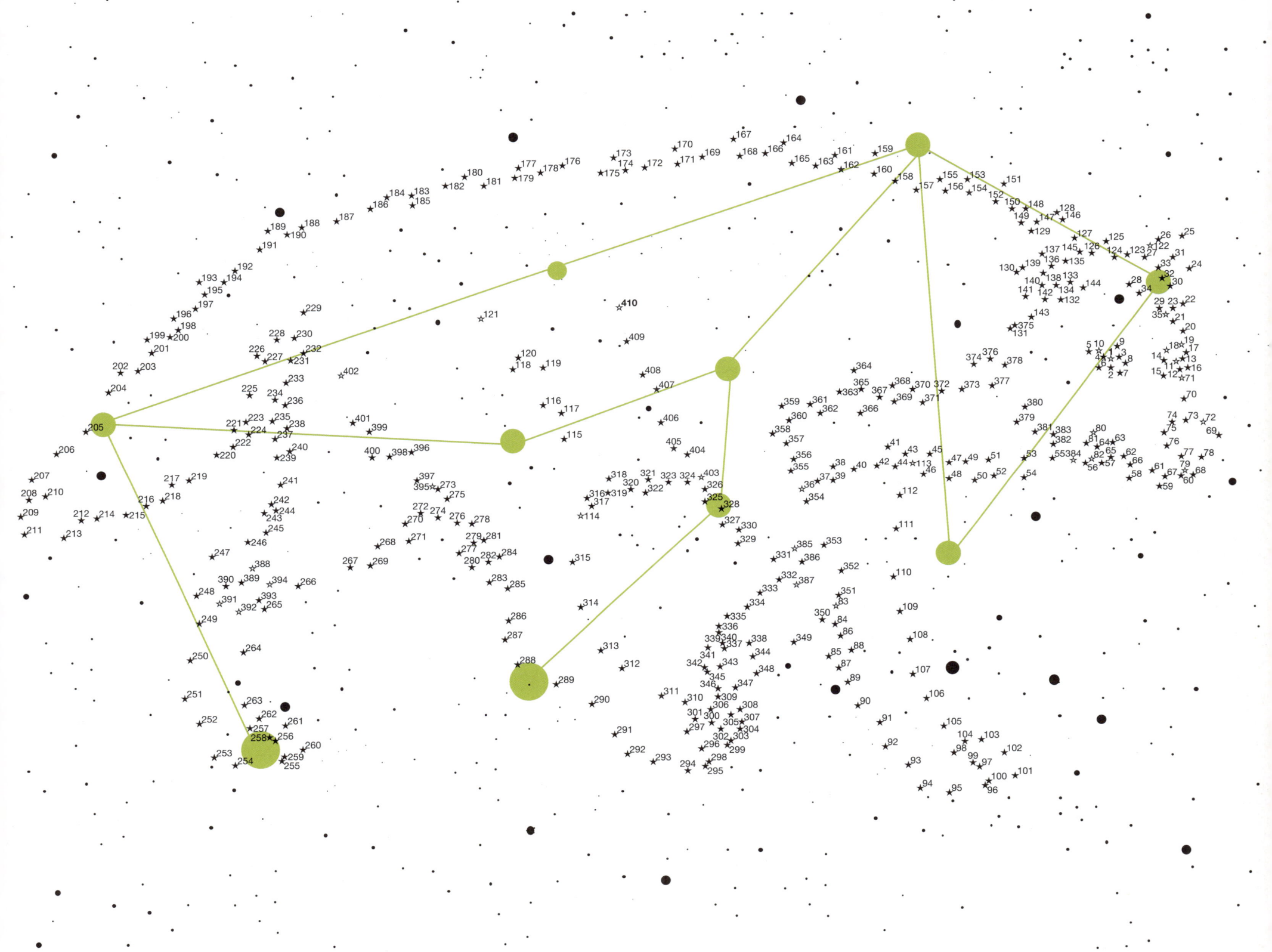

LEIER

Die Leier ist zwar klein, aber das macht sie durch ihre Helligkeit wieder wett. Teil dieses Sternbilds ist die Wega, einer der hellsten Sterne an unserem Himmel. Gleichzeitig ist die Leier Gegenstand mehrerer asiatischer Legenden. Der griechischen Sage nach gehört sie dem Sänger und Dichter Orpheus.

DIE LEIER AUF EINEN BLICK

Ihr lateinischer Name
Lyra

Ihr hellster Stern
Wega (Alpha Lyrae)

Ihr Platz am Himmel
Nördliche Hemisphäre

Ihre Sternbild-Familie
Herkules

✷ SAGENHAFT

Einer asiatischen Legende zufolge war Wega eine wunderschöne Göttin. Sie verliebte sich in einen Sterblichen, dargestellt durch Atair im Sternbild Adler. Die beiden durften sich nicht sehen und wurden auf die gegenüberliegenden Ufer der Milchstraße verbannt. Darum können sie jedes Jahr bloß am siebten Tag des siebten Monats zusammenkommen, wenn »Elstern« genannte Sterne aus dem Sternbild Schwan eine Brücke über den Fluss bilden.

✷ AUS ALLER WELT

In der Leier werden Tiere ebenso gesehen wie Musikinstrumente:

- Harfe (Altes Griechenland)
- König Davids Harfe (Wales)
- Schildkröte (Arabien)
- abstürzender Geier (Altes Ägypten)

EPSILON LYRAE
ist ein schöner Mehrfachstern*, einer der bekanntesten am Himmel.

SULAFAT (GAMMA LYRAE)
ist der zweithellste Stern in der Leier. Sein Name kommt aus dem Arabischen und heißt »Schildkröte«. Das bezieht sich auf den Körper der Leier, der aus einem Schildkrötenpanzer hergestellt wurde.

WEGA (ALPHA LYRAE)
ist der hellste Stern in der Leier und der fünfthellste am Himmel. Sein Name kommt aus dem Arabischen und heißt »Zuschnappen«, weil die Araber in dem Stern einen jagenden Adler sahen.

STERNSTUNDEN
Wega ist Teil des Sommerdreiecks, eines gut sichtbaren Asterismus' aus Wega (Leier), Deneb (Schwan) und Atair (Adler).

SHEILAK (BETA LYRAE)
ist ein Doppelstern, etwa 900 Lichtjahre von uns entfernt.

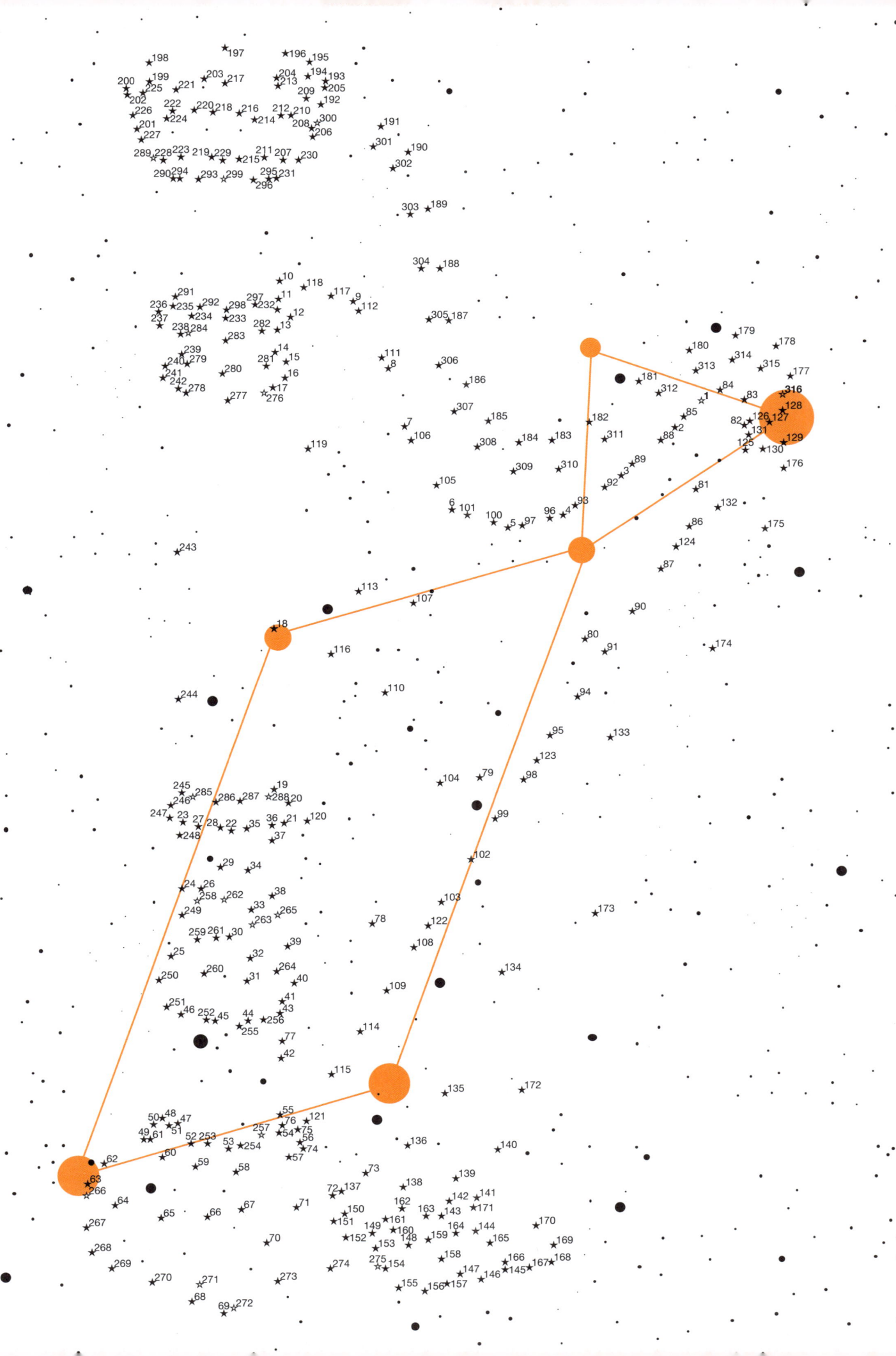

ANDROMEDA

Dieses V-förmige Sternbild hat seinen Namen von Andromeda, der Tochter von Kassiopeia, die als Sternbild ganz in ihrer Nähe zu finden ist. Andromedas Kopf wird von Alpheratz gebildet, ihrem hellsten Stern, der auch eine Ecke des Asterismus' Herbstviereck darstellt.

ANDROMEDA AUF EINEN BLICK

Ihr lateinischer Name
Andromeda

Ihr hellster Stern
Alpheratz (Alpha Andromedae)

Ihr Platz am Himmel
Nördliche Hemisphäre

Ihre Sternbild-Familie
Perseus

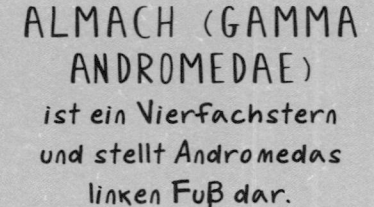

✲ SAGENHAFT

Als Folge der Eitelkeit ihrer Mutter wurde Andromeda von ihrem Vater an einen Felsen gekettet und einem Seeungeheuer zum Fraß dargeboten. Doch dem herbeigeeilten griechischen Held Perseus gelang es, das Ungeheuer zu töten und Andromeda zu befreien. Die beiden verliebten sich und heirateten. Nach ihrem Tod wurde Andromeda an den Himmel versetzt, um Perseus und ihrer Mutter Kassiopeia dort Gesellschaft zu leisten.

✲ AUS ALLER WELT

Chinesische Astronomen verbanden die Sterne der Andromeda so mit den umliegenden, dass daraus andere Sternbilder entstanden. Diese verkörpern:

- einen Spaziergänger
- die Wand eines Palastes
- einen Pferdestall
- eine fliegende Schlange

ALMACH (GAMMA ANDROMEDAE)
ist ein Vierfachstern und stellt Andromedas linken Fuß dar.

DIE ANDROMEDAGALAXIE
ist etwa 2,2 Millionen Lichtjahre von uns entfernt. Sie ist das fernste Objekt am Himmel, das man mit bloßem Auge erkennen kann. Dabei bewegt sie sich so schnell auf unsere Milchstraße zu, dass wir in 5 Milliarden Jahren mit ihr zusammenstoßen werden.

ALPHERATZ (ALPHA ANDROMEDAE)
wird manchmal auch Sirrah genannt. Zusammen bedeuten die beiden Namen »Pferdenabel«, denn der Stern gehörte einst zum Sternbild Pegasus.

MIRACH (BETA ANDROMEDAE)
verändert seine Helligkeit und leuchtet manchmal so stark wie Alpheratz.

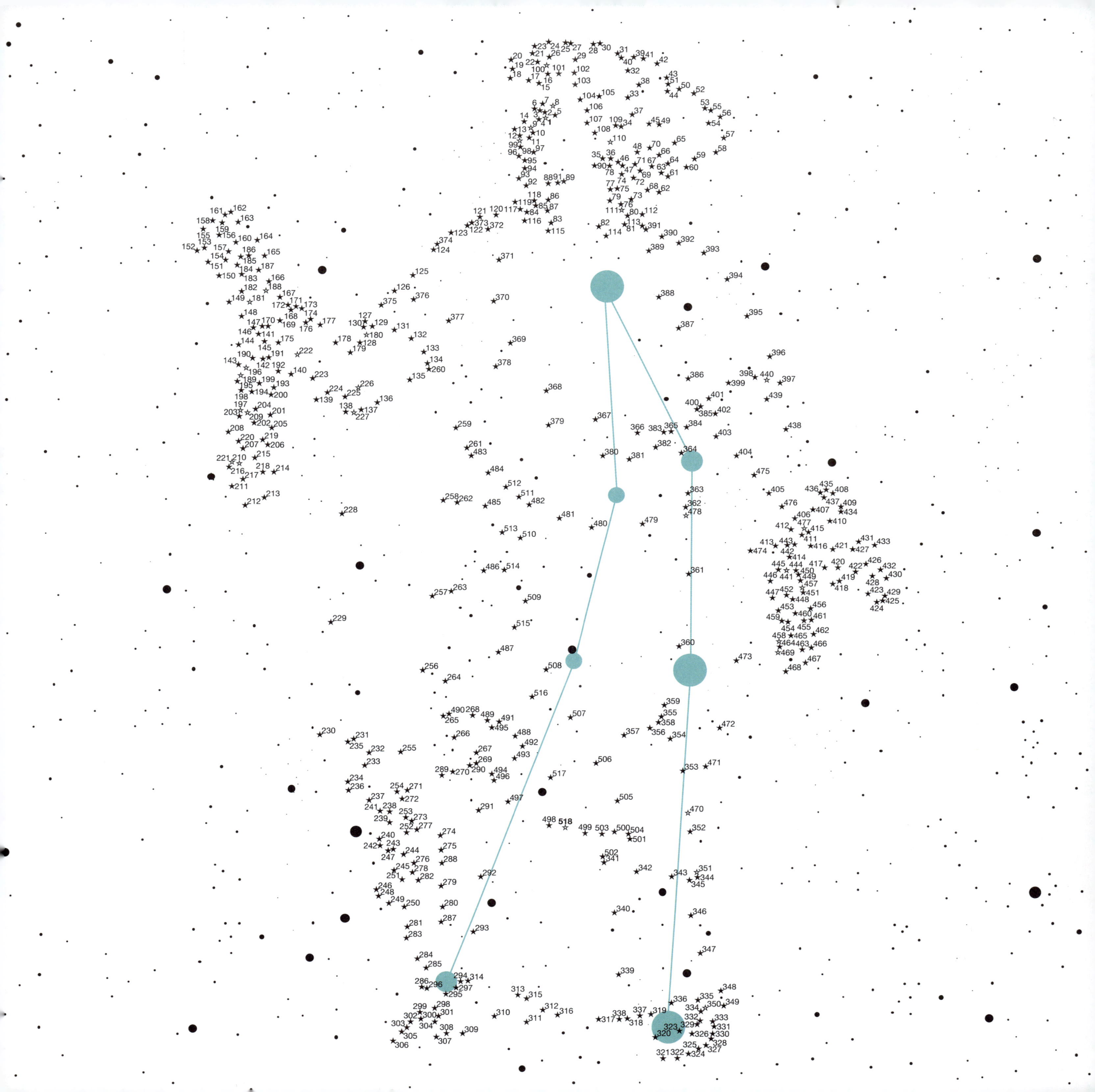

DRACHE

Mit seinem gewundenen Körper ist der Drache nicht zu verwechseln. Es handelt sich um Ladon, den Drachen, der Herkules zum Opfer fiel. Dieser steht triumphierend neben ihm am Himmel, einen Fuß auf seinen Kopf gestellt.

✳ SAGENHAFT

Der griechischen Sage nach bewachte der Drache Ladon den Garten der Hesperiden und wurde von Herkules getötet. In der römischen Sagenwelt handelte es sich bei ihm um einen der Riesen, die viele Jahre lang mit den Göttern kämpften. Er wurde von Minerva, der Göttin der Weisheit, getötet und an den Himmel geworfen, wo er sich um den Polarstern wand und einfror.

✳ AUS ALLER WELT

Die arabischen Astronomen sahen in diesem Sternbild eine Gruppe weiblicher Kamele, die sich zum Schutz gegen angreifende Hyänen um ein Junges scharten.

DER DRACHE AUF EINEN BLICK

Sein lateinischer Name
Draco

Sein hellster Stern
Etamin (Gamma Draconis)

Sein Platz am Himmel
Nördliche Hemisphäre

Seine Sternbild-Familie
Ursa Maior

ETAMIN (GAMMA DRACONIS)
ist der hellste Stern im Drachen. In 1,5 Milliarden Jahren wird er sich der Erde bis auf 28 Lichtjahre annähern und Sirius als hellsten Stern an unserem Himmel ablösen.

THUBAN (ALPHA DRACONIS)
Vor siebentausend Jahren zeigte dieser Stern den Himmelsnordpol an, so wie es heute der Polarstern tut.

STERNSTUNDEN
Im Drachen liegt der wunderschöne Katzenaugennebel, farbig leuchtende Gaswolken, die einen sterbenden Stern umgeben, der etwa 3000 Lichtjahre von uns entfernt ist.

RASTABAN (BETA DRACONIS)
ist Teil des Drachenkopfes. Sein Name kommt aus dem Arabischen und bedeutet »Schlangenkopf«.

Becher

DELPHIN

Klein, aber gut zu erkennen, gleitet das Sternbild Delphin an späten Sommernächten durch den nördlichen Sternenhimmel. Vier Sterne bilden seinen Körper, ein fünfter seinen Schwanz. Der Delphin wird gemeinhin mit der Sage vom Meeresgott Poseidon und dessen Werben um die Nereide Amphitrite in Verbindung gebracht.

DER DELPHIN AUF EINEN BLICK

Sein lateinischer Name
Delphinus

Sein hellster Stern
Sualocin (Alpha Delphini)

Sein Platz am Himmel
Nördliche Hemisphäre

Seine Sternbild-Familie
Wasserloch

* SAGENHAFT

Der griechische Meeresgott Poseidon gestand der Nereide Amphitrite seine Liebe, was bei dieser jedoch auf taube Ohren stieß. Also sandte Poseidon drei Boten aus, die sie ausfindig machen und zu ihm bringen sollten. Einer dieser Boten war der Delphin. Er fand die Nymphe und brachte sie dazu, Poseidon ihre Liebe zu schenken und ihn zu heiraten. Zum Dank verschaffte Poseidon ihm daraufhin einen Platz am Himmel.

* AUS ALLER WELT

Andere Namen für den Delphin:

- Flaschenkürbis (China)
- Vogelkäfig (Indien)
- Trompetenschnecke (Australische Aborigines)
- Reitkamel (Arabien)

SUALOCIN (ALPHA DELPHINI)

ist der hellste Stern im Delphin. Er hat seinen Namen von einem italienischen Astronomen des 19. Jahrhunderts, Niccolò Cacciatore. »Sualocin« ist die lateinische Version seines Vornamens, rückwärts gelesen.

DENEB DULFIM (EPSILON DELPHINI)

bedeutet auf arabisch »Schwanz des Delphins«. Und genau diesen stellt er dar.

ROTANEV (BETA DELPHINI)

ist der zweithellste Stern des Delphins. Auch er verdankt seinen Namen Cacciatore, was auf italienisch »Jäger« bedeutet. Liest man »Rotanev« rückwärts, ergibt das »Venator«, das lateinische Wort für Jäger.

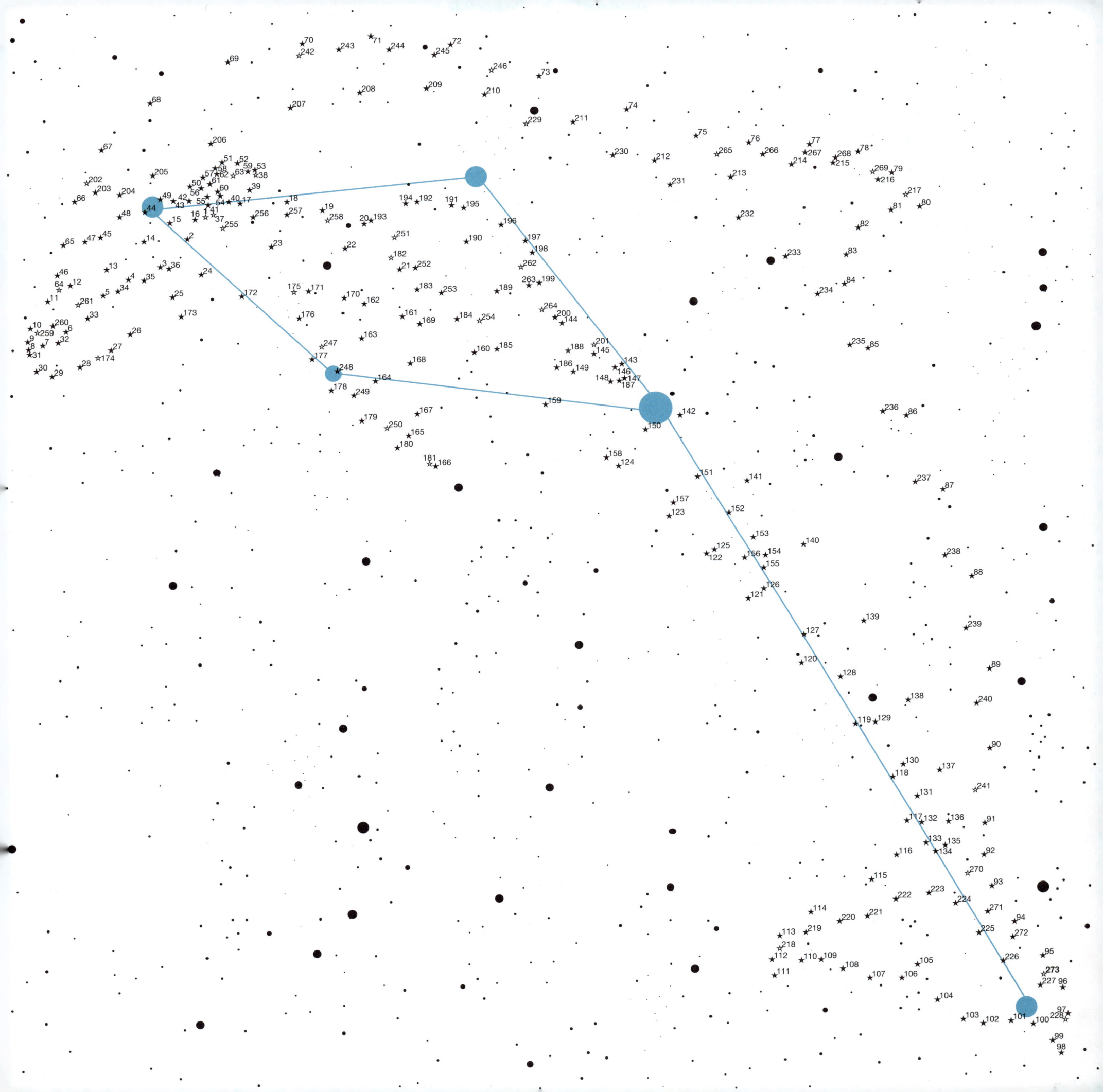

WASSERSCHLANGE

Die Wasserschlange schlängelt sich über ein Viertel des gesamten Himmels. Größtes aller Sternbilder, verdankt sie ihren Namen der vielköpfigen Monsterschlange Hydra, mit der es Herkules in seiner zweiten Aufgabe zu tun hatte. Eine Gruppe von fünf Sternen bildet ihren Kopf.

✳ SAGENHAFT

Die Hydra war ein furchterregendes Monster mit neun Köpfen, von denen einer unsterblich war. Teil der zweiten Aufgabe von Herkules war es, die Hydra zu töten und ihr alle neun Köpfe abzuhauen. Mit Hilfe seines Wagenlenkers brannte er die abgetrennten Köpfe aus, um sie am nachwachsen zu hindern. Den unsterblichen Kopf begrub er unter einem großen Felsen.

✳ AUS ALLER WELT

Für die Chinesen stellt der Kopf der Hydra den Kopf des »Zinnoberroten Vogels« dar.

Die Hindus bringen die Hydra ebenfalls mit einem schlangenartigen Wesen in Verbindung. Sie nennen es »Schlingstern« oder »Umwinder«, was darauf verweist, wie Würgeschlangen sich um ihre Beute schlingen.

DIE WASSERSCHLANGE AUF EINEN BLICK

Ihr lateinischer Name
Hydra

Ihr hellster Stern
Alphard (Alpha Hydrae)

Ihr Platz am Himmel
Südliche Hemisphäre

Ihre Sternbild-Familie
Herkules

STERNSTUNDEN

Die Wasserschlange ist so groß, dass sie sechs Stunden braucht um ganz aufzugehen - länger als jedes andere Sternbild.

MINCHIR (SIGMA HYDRAE)

ist ein Teil von Hydras Kopf. Sein Name bedeutet auf Arabisch »Hydras Nüstern«.

GAMMA HYDRAE

wird manchmal auch Cauda Hydrae genannt und ist der zweithellste Stern dieses Sternbilds. Ist im Gegensatz zu den 4,5 Milliarden Jahren, die unsere Sonne auf dem Buckel hat, mit gerademal gut 370 Millionen Jahren geradezu jung.

ALPHARD (ALPHA HYDRAE)

ist der hellste Stern der Wasserschlange. Auch sein Name kommt aus dem Arabischen und bedeutet »Einzelgänger«, weil es um ihn herum kaum andere Sterne gibt.

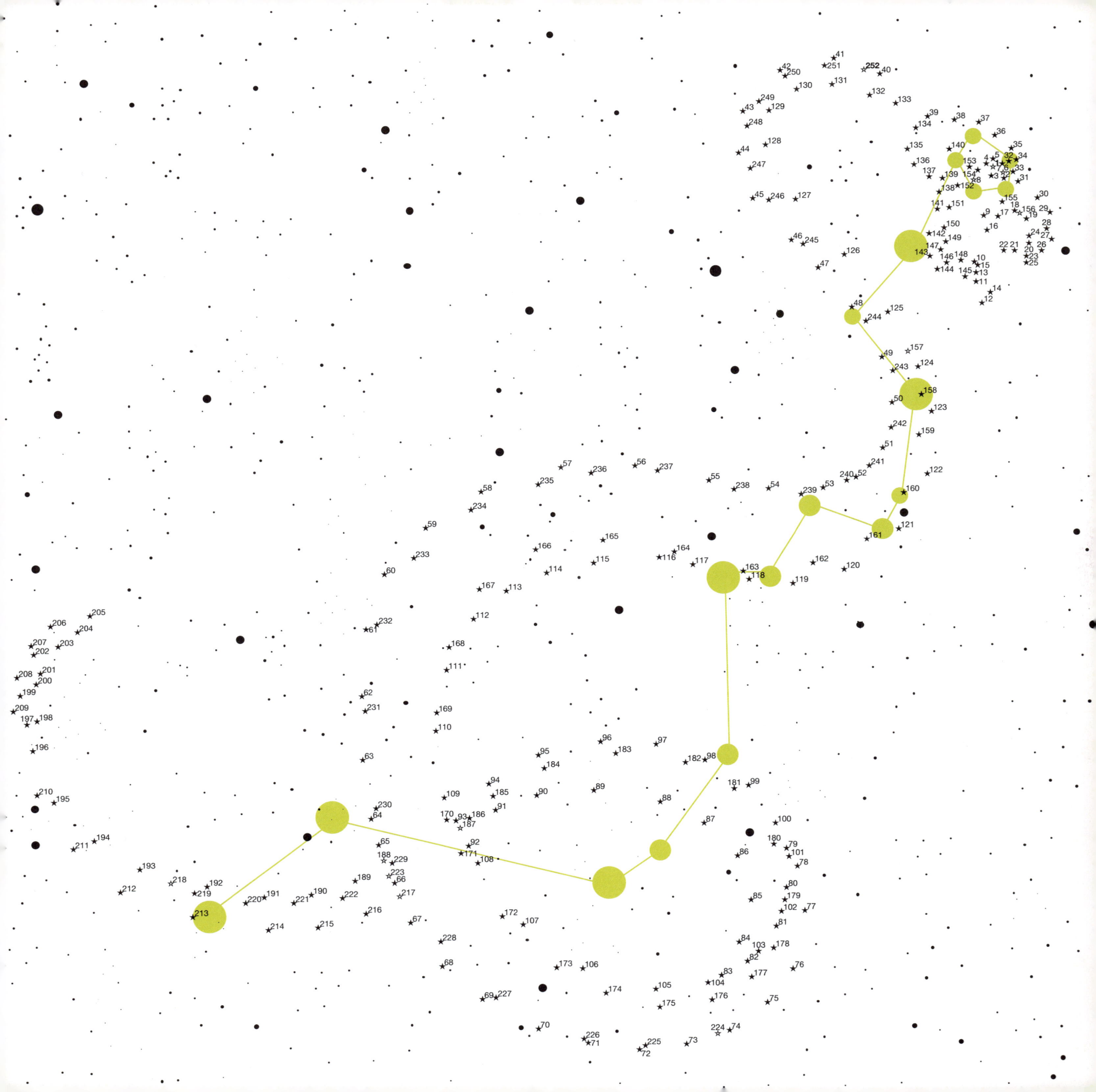

LÖSUNGEN

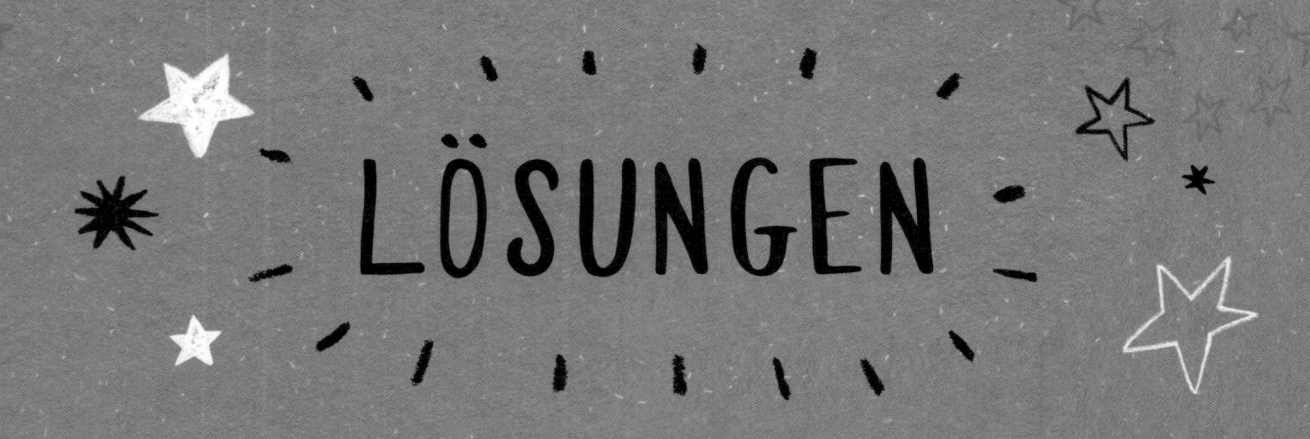

	FISCHE

STEINBOCK	STIER	WASSERMANN	WIDDER

ZWILLINGE	GROSSER HUND	NORDLICHE KRONE	KREBS

LÖWE	JUNGFRAU	WAAGE	SKORPION

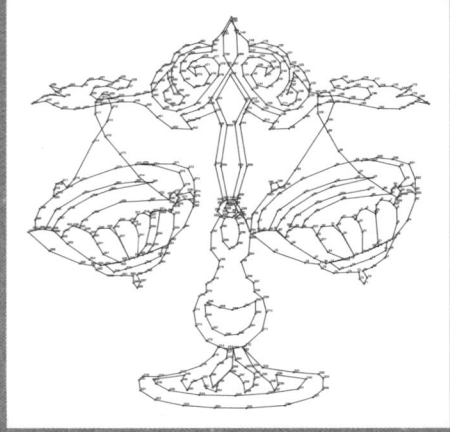

SCHÜTZE	SCHWAN	ORION	GROSSER BÄR
PEGASUS	KASSIOPEIA	KREUZ DES SÜDENS	HERKULES
HASE	WOLF	LEIER	ANDROMEDA
DRACHE	BECHER	DELPHIN	WASSERSCHLANGE

GLOSSAR

Asterismus: Charakteristische Sternengruppe. Entweder Teil eines Sternbilds oder aus Sternen unterschiedlicher Sternbilder zusammengesetzt.

Binar oder (echter) Doppelstern: Sternsystem aus zwei Sternen, die um ein gemeinsames Zentrum kreisen.

Breiten/Breitengrade: gedachtes Liniennetz, das die Erde parallel zum Äquator überzieht.

Doppelstern, scheinbarer: Zwei Sterne, die von der Erde aus betrachtet sehr dicht beieinander liegen, in Wirklichkeit aber sehr weit voneinander entfernt sein können.

Exoplanet: Planet, der einen Stern außerhalb unseres Sonnensystems umrundet.

Hemisphäre: Erdoberfläche, durch den Äquator in südliche und nördliche Hemisphäre geteilt.

Himmelssphäre: Gedachte Hohlkugel, die die Erde umgibt.

Kugelsternhaufen: Größere Ansammlung von Sternen, die durch die Schwerkraft aneinander gebunden sind, was zu ihrer Kugelform führt.

Lichtjahr: Längenmaß, das der Strecke entspricht, die Licht in einem Jahr zurücklegt.

Mehrfachstern: Durch die Schwerkraft aneinander gebundenes System aus mindestens drei Sternen.

Milchstraße: Bezeichnung für die Galaxie, der auch unser Sonnensystem angehört. Verdankt ihren Namen dem Umstand, dass wir unsere Galaxis nicht von oben sondern eher vom Rand aus sehen, so dass sich die Sterne wie eine milchiges Band über unseren Himmel ziehen.

Nebelflecke: Riesige Gas- und Staubwolken im All. Erscheinen am Himmel entweder als undeutlicher, heller Fleck oder als dunkles Schattenbild.

Offener Sternhaufen: Lockere Ansammlung von Sternen, die sich aus derselben Molekülwolke gebildet haben und durch die Schwerkraft lose zusammengehalten werden.

Orbit: Durch die Schwerkraft beeinflusste Umlaufbahn eines Körpers um einen Punkt im Weltraum, z. B. die Umlaufbahn eines Planeten um einen Stern oder eines Mondes um einen Planeten.

Schwerkraft: Physikalische Grundkraft, die besagt, dass sich Massen gegenseitig anziehen, inklusive der Planeten, Sterne und Galaxien.

Sonnenwende: Astronomisches Vorkommnis, das zweimal im Jahr stattfindet (im Juni und im Dezember), wenn die Sonne ihren nächsten, bzw. fernsten Stand vom Himmelsäquator erreicht.

Supernova: Explosion eines massereichen Überriesen am Ende seiner Existenz.

Überriese: Die massereichsten und hellsten Sterne im Universum. Ihre Masse kann bis zu 100-mal größer sein als die unserer Sonne.

v. Chr./ n. Chr.: vor Christus/nach Christus.

Titel der Originalausgabe: *Star to Star*
Erschienen bei Michael O'Mara Books Ltd., Großbritannien
Copyright © 2017 Michael O'Mara Books Ltd., London, Großbritannien
Punkt-zu-Punkt-Bilder Copyright © 2017 Gareth Moore 2017
www.drgarethmoore.com

Enthält Material, das von Shutterstock adaptiert wurde: www.shutterstock.com

Deutsche Erstausgabe
Copyright © 2017 von dem Knesebeck GmbH & Co. Verlag KG, München
Ein Unternehmen der La Martinière Groupe

Umschlagadaption: Leonore Höfer, Knesebeck Verlag
Satz: satz & repro Grieb, München
Printed in China

ISBN 978-3-95728-131-9

Alle Rechte vorbehalten, auch auszugsweise.

www.knesebeck-verlag.de